中公文庫

裁かれた女

赤川次郎

中央公論新社

目次

裁かれた女

プロローグ

もちろん、下校の途中で、ランドセルを放り出して遊んだりしてはいけないのだ。

成美《なるみ》にだって、それぐらいのことは分っている。でも、ほんの五分か十分なら……。

だって、こんなにいいお天気なんだもの。成美が特別遊び好きでなくても、つい遊びたくなってしまうのも不思議はない。そして、成美は、太いロープにぶら下がって、木の足場から足場へ——ちょうどジャングルを駆《か》けるターザンみたいに——ヤッホー、と声を上げながら、空を切っていくのが大好きだった。

いやそれに限らず、フィールドアスレチックとか、その類《たぐい》のことは得意中の得意である。

小学校の六年生にしては小柄《こがら》で、その代り、すばしこいことでは、クラス一だ。もう中学の二、三年かと思うような背の高い子を、いつも運動会の徒競走やリレーでは、どんどん抜《ぬ》かしてしまう。

髪《かみ》も短く切っていて、ズボンでもはいたら男の子で充分に通用しそうだ。でも、ちゃんとおめかしをすれば、成美だって女の子らしく、可愛《かわい》くなるのだ。ちょっと色は黒いけれど……。

今、成美が飛び回っているのは、この団地にいくつもある遊び場の一つで、小学校からの帰り道、必ずそのそばを通ることになるのである。

すると、たいてい今日のように、成美も顔をよく知っている三、四年生の子が遊んでいて、

「成美ちゃん！　遊ぼうよ！」

と声をかけて来る。

まあ、成美としては、六年生なのだし、少しは勉強もしなきゃいけないことは、重々承知なのだ。現に、今日だって、家庭教師の先生が来る日だというのを、忘れたわけではない。

でも、真直《まっす》ぐ帰らなくとも、先生が来るまでには大分時間があった。そう。——少しぐらい、遊んで行っても。

おやつを急いで食べればいいんだもの。パーッと手と顔を洗って……。一時間も遊んで行こうってわけじゃない。

ほんの二十分かそこらなら……学校の用事で、それくらい遅くなることは、よくあるのだし。

そうだ。三、四年生が遊んでいて、けがをしたり、喧嘩《けんか》をしたりしないように見張って

いるのも、最上級生の役目なんだ。

この口実で自分の良心を鎮《しず》めると、成美はためらわず、ランドセルを、ベンチの上に置いて、駆けて行ったのだった……。

——秋。いくら元気な成美が飛び上っても、とても手の届きそうにない高い青空が広がっていた。

風は爽《さわ》やかで、都心のような排気ガスの臭《にお》いもない。この郊外のニュータウンと呼ばれる団地は、建物の面積よりも、遊び場や公園、植込みなどの方が広いという、ゆったりした造りが売りものなのである。

実際、ここで生活していると、万事がのんびりして来る。子供にとっては、これだけあちこちに遊び場があれば、一つを大きな子が占領していたとしても、他で遊べる。

もちろん、団地住いならではの窮屈《きゆうくつ》さはあるにせよ、買物は一応団地内のスーパーで済ませることもできるし、駅までバスで十分、そこから都心へは、電車で四十分。——都心に出るのが一日仕事というほどの距離でもない。

少なくとも、子供を育てるにはいい環境、という点、大方の母親に異議はなかったはずである。もちろん、当の子供たちにとっても——。

「あ！」

夢中になって遊んでいた成美は、ハッとした。——割と、時間がたっちゃったんじゃないか、という気がしたのだ。

団地の集会所の前に、時計塔がある。それが見えるところまで、成美は駆けて行った。

「――いけね！」

女の子らしからぬ口をきくと、あわてて遊び場へと駆け戻る。二十分ぐらい、と思っていたのが、何と四十五分もたっている。

もう、家庭教師の先生が来ている時間だった。――またママににらまれる。

悪いママじゃないんだけどね、と成美は、ベンチの方へ、ランドセルを取りに走って行きながら、思った。ま、ちょっと成績にこだわり過ぎるところがあるな。

そりゃ、こだわらなきゃいけない程度の成績を取って来る自分にも責任があるのだ、とは分っているが、でも、パパも言ってたように、

「人間、学校の勉強だけじゃない」

のだ。うん！　そうだ。

そのパパが海外勤務で、単身赴任《ふにん》して、もう一年になる。アメリカとかヨーロッパだったら、ママや成美、美樹《みき》――今五つになる成美の妹である――も、ついて行ったのだけど、パパが赴任したのは中近東の、いつも戦争が起っている国で、寂しいけど、やはり家族の安全にはかえられない、と、一人で行く決心をしたのだった。

最初は一年で帰るはずだったのに、夏に一週間、帰国してみたら、まだあと一年行くこ

とになっていた。——成美は、よっぽど、パパの会社の社長さんに電話をして、

「約束を守らなきゃいけないんだよ」

と言ってやりたかったけど——やっぱりやめた。

パパがずっといないので、ママの方も寂しいのか、つい成美に当ったりする。家庭教師なんていうのをつけたのも、ママなのである。

でも、成美は「先生」が好きだった。若くて、美人で、優しかったし、頭も良かった（当り前かな）。だから、週に二回、色々、勉強をみてもらうのも、いやじゃなかったのだ。

ただ、やっぱり遊ぶ方が面白い、というだけのことで……。

「急がなくっちゃ」

ランドセルを背負うと、何か白いものが、パタッと落ちた。

「——あれ？」

何だろう？——封筒《ふうとう》だった。

こんなの、ランドセルに入れてなかったのに。いや、入れてたのなら、背負ったくらいで落ちるわけがない。

白い封筒で、封はしていない。中を覗《のぞ》くと、手紙らしいもの。

成美は、ともかく家へ向って急ぎ足で歩きながら、それを取り出して広げてみた。

大きな字——それも定規《じょうぎ》で引いたような、角張った字が、目に飛び込んで来る。成美

は足を止めた。

もちろん、急いで帰らなきゃならないのだけど、でも、立ち止らずにはいられなかったのである。

文面は、簡単そのものだった。

〈お前の母さんは、人殺し〉

1　臨　終

「本当にすみませんね」

と、倉田《くらた》淳子《じゅんこ》は紅茶を出しながら言った。「もう帰って来ると思うんですけど」

「いいえ」

家庭教師の高品浩子《たかしなひろこ》は微笑んで、「どうぞお構いなく」

「何をしているのかしら、成美ったら」

と、淳子は顔をしかめて言った。「どうせ途中でふらふらしてるんだわ。今日は先生がみえる日だってこと、忘れてるはずないのに……」

「子供って、そんなものですわ」

高品浩子は、楽しげに言った。「あんまり時間通りに、ピタッと動く子なんて、却《かえ》って気持悪いと思いますけど」

「そうですねえ。でも、あの子はいつも落ちつきがなくて」

淳子は、ソファに腰《こし》をおろした。「下の美樹は、本当におとなしい子なんです。普通は下の子がやんちゃになるっていうのに」

「個性ってものですわ」

と、浩子が紅茶のカップを取り上げる。「成美ちゃんは、本当に子供らしい、のびのびした心を持ってます。見ていて何だかホッとするんですよ。変に大人びた子が多いですから」

「そうおっしゃっていただくと、少しは気が楽です」

と、淳子は苦笑した。「どっちに似たのかしら、成美は」

浩子は、ふと思い付いたように、

「ご主人から、お電話なんかあるんですか？」

と訊《き》いた。

「手紙はたまに。電話は高くつきますもの」

「そうでしょうね。お変りなくて――」

「ええ、元気にやってるようです」

と、淳子は肯《うなず》いた。「主人たら、夏に帰ったとき、先生にお目にかかりましたでしょ」

「ええ、一度ご挨拶《あいさつ》を」

「あんな美人の先生なら、俺がつけてほしいとか言ってましたわ」

「まあ」

浩子は笑った。——高品浩子。成美の家庭教師になって、もう半年になる。二十四、五の、いかにも知的な面立ちだが、冷たさはなく、微笑むと、むしろ無邪気《むじゃき》ですらある。

成美がなつくだけのことはあって、教え方も、むだがなく、ポイントを分りやすく説明して、よく理解させた。

倉田淳子は、もう三十八歳になっている。しかし、こうして高品浩子と話していると、何となく同年代の女性と話をしているような気がして来る。それは、高品浩子が老けているのではなく、淳子の方が、つい若返った気分になれる、ということだった。

もっとも、淳子の方も、三十八の割には若く見える。小柄で、まだそう太っても来ないのは体質かもしれない。

その辺は成美も母親似なのだろう。

「——素敵な絵ですね」

と、浩子が、壁の風景画を見て、言った。「誰《だれ》か有名な人の作品ですか?」

「ええ、とっても」

と、淳子はいたずらっぽく肯いて、「倉田淳子という天才のなりそこないの作品ですわ」

「え?　じゃあ——奥さんが?　まあ、すばらしい」

浩子は、あまりオーバーでなく、嫌味にならない驚き方をした。「羨《うらやま》しいわ。私、まるでそういう才能なくて。――ずいぶん描《か》かれたんでしょうね」

「ええ」

淳子は、自分の絵を眺めて、ちょっとため息をついた。「かつては画家を志したこともありまして……」

「お続けになればいいのに。お子さんが大きくなられてからでも――」

「でも、結局、主婦の片手間《かたてま》ですわ。本当の画業って、そんなものじゃない、と……」

淳子は、言葉を切って、じっと絵を見つめた。

「――絵の先生が、そうおっしゃったんですの？」

と、浩子が訊くと、淳子は、ふと我に返って、

「そんなところです。描くなら全生活をかけて打ち込む。そうでないなら、すっぱりとやめる。――やめるつもりだったんですけど……。主人があちらへ行って、何となく話し相手もいませんしね。暇《ひま》なときに、ふっと思い立って描いてみたんです。思う通りに行かなくて、お恥ずかしい出来ですわ」

と淳子は目を伏《ふ》せた。

「こんなにお上手なのに……。でも、私は、さっぱり分りませんけど――」

浩子が、何か続けて言いかけたとき、電話が鳴り出した。

「あら、誰かしら。――失礼します」

淳子は、急いで立って、居間を出た。電話は廊下《ろうか》にある。

「はい、倉田でございます」

「お嬢さんですか」

特徴のある、太い声である。

「あら、根本《ねもと》さんね。お久しぶり」

淳子の父、轟《とどろき》の部下である。

「社長が倒れたんです」

と、根本が言った。

——突然のことに、人はそうすぐ対処できるものではない。

淳子は、ちょっとの間、根本の言ったことを理解できなかった。

「あの——根本さん、父がどうしたの?」

「倒れたんです」

と、根本はくり返した。「さっき、社長室へ行きましたら、床に倒れておられて……。

誰もおそばにいなかったんです」

「父が……」

淳子は、手が震《ふる》え出すのを、必死でこらえた。

「あの——それで具合は?」

「救急車で、T病院へ運びました。すぐそちらの方へいらして下さい」

「T病院、ね。分りました」

淳子は、すぐには電話を切れなかった。こんな大変なことなのに、あまりに簡単な電話である。

「根本さん。――もしもし？」

「はい」

「今、あなたはどこにいるの？」

「まだ社におります。大事なお客がみえるので、待ってるんですが……。追っつけT病院へ駆けつけます」

「分ったわ。じゃ、向うで――」

受話器を置く。チーン、という音が、廊下の空間へと広がって行った。

父が――父が倒れた。どうしよう。どうしよう。

前もって、どこが悪いとでも分っていればともかく、父は申し分なく元気だったのだ。それなのに――。

「――どうかなさいました？」

居間から、高品浩子が顔を出していた。

「あ、先生。実は父が――倒れて入院したということなんです」

「まあ、そんな――」

「申し訳ありません、私、すぐ病院へ行かなくては。でも――成美ったら、困ったわ」

「どうぞいらして下さい」

と、浩子が即座に言った。「私がいます。成美ちゃんが帰ったら、説明しますから」

「まあ、でもそんなことまで……」

「こういう場合ですもの。どうぞいらして下さい」

「じゃ、申し訳ありませんが……。あの、美樹も、お友だちの所にいて、もう戻ると思います。そうしましたら――」

「大丈夫ですわ。任せて下さい」

浩子の言葉は力強かった。

「じゃ、病院から、電話をしますので――」

と言って、淳子は、急いで外出の仕度をした。

淳子がスーツを着て出て来ると、浩子が、

「今、タクシーを呼びましたわ」

と言った。「駅まで行って、後は電車で。それが一番早いと思います」

そんなことなど、淳子は、考えてもいなかったのだ。

「すみません。お手数をかけて。――取り乱していて」

「いいえ、当然ですわ、こんなときですもの」

浩子の言葉が、淳子は、身にしみた。

「――ただいま」

玄関から、成美が入って来た。「ごめんね、遅くなって」

と、上って来たが、母親の格好を見て、

「出かけるの?」

「おじいちゃんがね、ご病気なの。ママ、病院に行って来るから。成美、ちゃんと先生とお勉強するのよ」

「うん」

「美樹には、TVでも見せておいて。いいわね?」

「分った」

と、成美は肯いた。

「じゃ、行って来ますので」

「お気を付けて」

と、浩子が言った。

――淳子が棟《むね》を出ると、ちょうどタクシーがやって来た。

タクシーの中で、淳子は、ふと、成美がいやに元気がなかったことに気付いた。――風邪でも引いたのかしら。

気にはなったが、しかし、今はそれどころではなかったのだ……。

「——もしもし」

と、淳子は言った。「あ、先生でいらっしゃいますか」

病院の中は、もう静かになっていた。

電話をかけるのも、小声でなくてはならない。

「奥さん、いかがですか、お父様の具合は？」

「すみません、お電話できなくて、ついこんなに——」

と、淳子は言った。

もう、夜、九時近くになっていたのだ。

「いいえ、ご心配なく」

高品浩子の声は、無理なく、それでいて押しつけがましくもなかった。「夕ご飯は、うどん屋さんから出前をとって済ませました。今、成美ちゃんが美樹ちゃんとお風呂に入っていますわ。私は構いませんの。どうせ暇ですから」

「何から何まで、本当に……」

淳子は、息をついた。——疲れていた。

「お父様は……」

「もう、いけないようです」

淳子の声が震えた。

「そうですか。――お気の毒です」

「あの……」

「成美ちゃんたちを、そちらへお連れしましょうか」

さすがに淳子もためらった。しかし、他に頼む相手とていない。

「――申し訳ありません」

病院の場所を説明して、淳子はくり返し詫《わ》びた。浩子は、成美たちを連れて、すぐに出る、と言ってくれた。

淳子は、電話を切って、ちょっと目を閉じた。

本当に、あの先生がいてくれなかったら、どうなっていたか……。

もっと早く、誰かに成美たちを連れて来てもらうように、手配するべきだった。しかし、父、轟の容態は、淳子をベッドのそばに釘《くぎ》づけにしてしまっていたのだ。

それに――頼めるような親類も、身近にはいなかった。

「――お嬢さん」

根本がやって来た。十年来ずっと父のそばにいて、ほとんど家族同然だった男である。

気のいい、正直な男で、今も、目が涙でうるんでいる。

「父は？」

「今のところは……」

根本は、頭を垂れた。「残念です」

「ええ。でも――仕方ないわ」

「もっと私が用心していれば……」

「根本さん」

淳子は、根本の肩を軽くつかんだ。「いいのよ。そんな風に考えないで。父は――もう七十なんだから。好きなことをやって来たんだし」

根本は、ぐっと涙を飲み込むと、

「ご連絡をする方は、どなたか他に――」

「会社の方には一通り、ご連絡したわね」

「はい」

「近い親戚は、東京にいないのよ。私だけじゃないかしら。――あなた、入口で、会社の重役の方がみえたら、ご案内して」

「かしこまりました」

仕事ができて、却ってホッとした様子で、根本は廊下を歩いて行った。

淳子は、父の病室の前で、足を止め、そのまま、中へ入らずに立っていた。椅子《いす》もあるが、座る気になれない。

――父が死ぬ。

七十歳なのだから、決して考えられないことではなかったが、しかし、目の前に、それが現実として現われると、淳子は、ただ呆然《ぼうぜん》とするばかりだった。

ドアが開いて、淳子はギクリとした。父が、出て来るような気がしたのである。

もちろん、出て来たのは、医者だった。

「いかがでしょうか」

と、淳子は訊いた。

「変りませんね」

と、まだ三十代らしい若い医師は言った。「今夜一杯《いっぱい》……というところだと思います」

「そうですか」

「ご家族の方などは――」

「あまり親類がいなくて……。意識は戻りましょうか」

「今はだめですね。時々、ふっと分るときもあるようですが。まあ、もう、ほとんど苦痛はないと思います」

「そうですか」

淳子は、礼を言って、病室の中へ入って行った。

少し明りを落として、ほの暗くなった病室。——個室だが、そう広い部屋ではなかった。

淳子は、椅子に腰をかけた。父は、ほとんどそれと分らないほど、弱々しく呼吸している。

点滴。酸素マスク。——こんな父の姿を見るのは、初めてだった。

年齢にふさわしく、腰が痛いとか、血圧がどうとか、ブツブツ言ってはいたのだが、こんなに突然倒れるとは思ってもいなかった。

「う——ん」

父が何か呻《うめ》くように言った。

淳子は、ハッとして、父の顔を覗き込んだ。しかし、意識は戻っていないようだった。

意味のない、呻き声だったのだろう。

「お父さん……」

と、淳子は呟《つぶや》いた。

いや、声になっていたかどうか、淳子自身も知らなかった。

今、父の脳裏を、何が駆け巡っているのだろう？　誰の顔が？

父が死んで行く。

ただ一人の父。そして、共犯者。

——皮肉なものだわ。

淳子は、ゆっくりと目を閉じた。

十五年たった。もう、十五年たったのだ。

殺人の時効は、成立した。——もし、今、父が死の間際に、罪を告白したとしても、逮捕されることはない。

運命とは、何と不公平なものなのだろう。

淳子の瞼《まぶた》に、三つの顔が浮《うか》んでは消えた。

あんなに若くして死んだ友……。そして、淳子が初めて体を捧《ささ》げた恋人。そして、もう一人。

父が殺し、そして、淳子もそれを知っていた——。いや、親友を殺したとき、淳子も一緒だったのだ。淳子自身、手を下したも同じだった。

殺人犯。——殺人犯なのだ。父も、私も。

しかし、もう、それは総《すべ》て忘れられてしまった。十五年の歳月が、越《こ》えがたい壁で、轟と淳子を、「罪」から隔《へだ》てていた。

「お父さん。——これからは辛《つら》くなるわ、私」

と、淳子は呼びかけた。「私一人で、秘密を背負って生きて行かなきゃならないんだもの……」

父と二人で担《にな》っていると思えば、いくらかは気も楽だった。しかし、これからは、淳子が一人で、父の分の過去も、負わなくてはならない。

ドアを小さくノックする音。淳子は、我に返って、立ち上った。

ドアを開けると、副社長が立っていた。

「お嬢様――」

「ご苦労さまです」

淳子は頭を下げた。「今夜一杯はもつまいということですので……」

「そうですか」

副社長の目が、一瞬輝くのを、淳子は見てとっていた。――次の社長に決っていたからだ。

「残念です」

と、もちろん言いはしたのだが……。

成美と美樹が、高品浩子に連れられてやって来たとき、既に、轟は臨終の床《とこ》にあった。

「――まあ、先生、申し訳ありません」

病室の中は、医師や看護婦、それに、駆けつけて来た会社の重役たちで、たてこんでいた。

「我々は廊下に出ましょう」

根本が、気をつかって、重役たちを促した。

淳子は、成美の頭を、そっと撫《な》でた。

「——おじいちゃんは？」

と、成美が低い声で言った。

「もうすぐ……きっと」

淳子は、涙が溢《あふ》れ出て来るのを、急いで拭《ぬぐ》った。

「美樹ちゃん、大丈夫？」

「途中、眠ってました」

と、浩子が言った。「今、目が覚めて」

「先生が抱っこしてくれた」

と、美樹が言った。

「良かったわね」

淳子は肯いた。

「——目を開きましたよ」

医師の声がした。淳子は、ベッドのわきへ寄った。

「お父さん」

口を、父の耳元へ近づけて、言ってみる。

——轟の目が、何かを捜すように動いた。

「お父さん。私よ。淳子。——分る?」

父が、淳子を見ていた。見ているのだ。分っているのだ。

「成美も美樹も来てるわ。——ほら、おいで」

呼ばれて、二人がやって来る。

しかし、轟は、じっと淳子を見ていた。唇《くちびる》が、微《かす》かに動く。いや、震えただけなのかもしれなかった。

「——どうしたの?」

父の口元に、耳を寄せた。

と——轟が、呟くように言ったのだ。

死の間際の、一瞬の、生命の残り火が、一気に発光するようだった。

「許してくれ」

と、轟は言ったのだった。

「お父さん——」

「許してくれ……」

と、くり返した。

そして——それきり、目は、力を失い、表情も消えた。
「——ご臨終です」
と、医師が言った。
「おじいちゃん、死んだの？」
と、成美が訊いた。
「ええ」
淳子は、肯くだけだった。それ以上ものを言おうとすると、涙が溢れて来そうだ。
成美は、一人で、廊下に出た。
大人たちが、病室の中へ入るのを、眺めていた。
祖父の死。——もちろん、成美にとっても、それは大変な出来事だった。
しかし、今、成美には、もっともっと気になっていることがあったのだ。
あの手紙である。〈お前の母さんは、人殺し〉……。
一体誰が、あんなものを置いたのだろう？
ただのいたずらにしては、文字は丁寧に書かれ、わざわざ封筒にまで入れてあった。
しかし、「人殺し」って、どういうことだろう？
人を殺せば、捕まって、刑務所へ行く。——ママが？
まさか！　あんなの、冗談だ。それとも、何か変な奴《やつ》がやったんだ。

――しかし、成美の中には、何かがうごめいていた。それは今までに成美の知らなかったもの。――「不安への予感」だった……。

2　死亡広告

人の運命などというものは、本当にちょっとしたつまずき――小石一つを、歩きながら何気なくけとばしたくらいのことで、変ってしまうものだ。

そんな感慨《かんがい》に耽《ふけ》るには、大沢《おおさわ》は少々若過ぎたかもしれない。まだやっと四十を越えたばかりなのだから。

しかし、そう考えたくなっても無理はない。こうして今、惨《みじ》めな、打ちひしがれた姿で、ボンヤリと町をさすらっている自分を、一年前に想像できただろうか？

いや――一年前には、大沢は人生の頂点にあった。役職とか、貯金の額でなく、仕事に賭《か》ける情熱とエネルギーにかけては、我ながら怖くなるほどの充実した日々を送っていたのである。

「働き盛り」という言葉を、肌で感じ、額の汗に見出していた。

気力と体力の充実、経験と大胆さの絶妙なバランス。――昇進したての警部補として、大沢は次々に大きな事件を解決して行った。

勘や読みが、面白いように当った。――人生には、ごくまれにそんな時期があるものなのだ。

一度、こんなこともあった。さすがの大沢が、連日の徹夜に疲れ果て、一日だけ家で休んで、午後から近くの川べりに散歩に出た。釣糸を垂れている男を見かけて、自分も釣りの好きな大沢は、何気なく声をかけたのだが――何とその男が、毎日捜し求めていた殺人犯だったのである。

ここまで運が強いと、仲間内でも、妬《ねた》むのを通り越して笑い話になってしまう。

こんな日々が、いつまでもは続かないとしても、あと何年か――たぶん、警部に昇進するぐらいまでは、もってくれるだろう。

大沢は、そう楽観していた。

たった一つ、大沢が見落としていたのは、夫がこの上なく幸福だからといって、妻が幸福だとは限らないという、ごく当り前の真理だった。

一か月の内、半分以上は家に帰らず、帰る日も、深夜か明け方がほとんど。休みはあっても、事件があれば、家族旅行の旅先から駆け戻らねばならない。――充分に、種はまかれていたのだ。

ある日、大沢は上司に呼ばれた。――上司は黙《だま》って一枚の写真を彼の前に置いた。

大沢もよく知っている、地元の暴力団の顔役。その傍《かたわら》に、腕を絡めて、ぴったりと寄り添っているのは、大沢の妻だった。

大沢は、足下の大地が一気に崩れ落ちて行くような気がした。

想いばかりが先に立って、帰宅した大沢は、いきなり妻を殴《なぐ》りつけた。——妻は、七歳の娘を連れて、家を出てしまったのである。

大沢は、酒を飲んで、荒れた。あげくに、盛り場で乱闘事件を起し、謹慎を命じられる。こうして、流れは大きく変ってしまったのだ。大沢は妻を理解できなかった。その孤独も、寂しさも。

妻が、娘と共に、例の顔役の所へ身を寄せていると知って、大沢は青ざめた。警察中の人間が、それを知って、自分のことを笑っているように、大沢には思えたのだ。

大沢は、妻の所へ出かけて行った。顔役が一緒にいた。——自分でも気付かない内に、大沢は拳銃《けんじゅう》を抜いていた……。

銃弾《じゅうだん》は、かすり傷を負わせただけだったが、当然、大沢は免職になった。何とか表沙《ざ》汰《た》にはならずに済んだが、地元にはいられなかった。

それで、知人を頼り、大沢は東京へ出て来た……。

「——分らんもんだ」

と、大沢は呟いた。

人間、一旦《いったん》落ち始めると、止まることを知らない。同時に、知人も友人も、どんどん離れて行ってしまう。

「ピラフとコーヒー」

喫茶店に入って、大沢は注文した。

あまり金もなくなっている。――もともと、大して貯金もなかったのだ。

あれだけの業績を上げたのに、お払い箱となると冷たいもんだ。

職もなく、いつまでも遊んでいられる身分ではなかった。仕事を見付けなければ……。

あてにしていたつては、どれも空振《からぶ》りに終った。不景気な時代だ。人を恨んでいても仕方ないが。

店に置いてあった新聞を、大沢はめくっていた。

やけに脂《あぶら》っこいピラフを、何とか口へ押し込みながら、まず本当なら求人欄でも見るべきなのに長年の習慣で、つい社会面に目が行く。

殺人、火事、交通事故……。

毎日、人が死んでいる。特に、大沢のような仕事をしていた人間には、人の死など、大して珍しいことでもない。

一つ一つの死に、感傷的になっていたりする暇はないのだ。

何気なく、目が、記事の下の黒枠へ向いた。死亡広告である。

しかし、こういう所に名前が出る人間は、たいていは世間的に成功し、かつ、ごく平凡な死に方をした、幸福な人間たちである。もっとも、死ぬ当人は、幸福だと思っていないかもしれないが。

倉庫会社社長、轟、轟……。

轟。——何か、かすかな記憶が、大沢の頭の中でキラッと光った。

轟。倉庫会社。——どこかで——確かに、どこかでつながりがあるようだが。

喪主は——倉田淳子か。淳子。

「そうか」

と、思わず声に出して呟いていた。

轟淳子。そうだ。憶《おぼ》えているぞ。

あれはもう——何年前になるだろう？　十年？　いや、もっともっと——ずっと昔のことだ。

たぶん、十五、六年もたっているのではないか。

不意に、大沢は、最後に轟の会社を訪ねて行ったときのことを思い出した。何の用事だったか、事件そのもののことは忘れかけていたが、轟との話を終えて、会社のビルを出ようとしたとき、轟淳子と出会ったのだった。

「あら！　刑事さん」

と、明るい声で、淳子の方から呼びかけて来た。

「私、轟淳子です」

そして大沢をお茶に誘った。――逆だったかな？　いや、あのころ、俺にはそんな度胸はなかった。

そう。お茶でもいかが、と淳子の方が言ったのだ。

「コーヒーのおいしい店が……」

うん、そうだ。そう言ったんだ。

「コーヒーのおいしい店があるんですよ」

淳子は、そう言って、大沢の腕を取って来た……。

突然、青春が目の前に立ち現われる。――それはある意味では、ひどく辛いことだった。特に今の、対照的な暗がりの中では、それはあまりにも目にまぶしい。

大沢は、はっきりと思い出した。轟淳子の明るい笑顔、そして若々しさを。あのとき着ていた服の柄すらも、思い出したのである。

俺も若かった。たぶん――二十五ぐらいのころだ。独身で、正義感に燃え、そして純粋だった。

あの轟が死んだのか。

もう――七十だった。とても死にそうにない頑健なタイプだったが。

大沢は苦笑した。それを言うなら、俺だって同じだ。

人は、二十五のとき、四十になることなど、考えてもいないものである。

あの轟が、死んだ……。

告別式は明日か。——大沢は、ふと、行ってみようか、と思った。

「馬鹿馬鹿しい」

と、笑って打ち消す。

俺が顔を出したところで、向うは憶えてもいないはずだ。それに、行くとなれば、香典も用意しなくてはならない。

そんな、むだな出費ができる身分じゃあるまいが。

そうとも。——行くだけむだなことだ。それに——俺は仕事を捜しているんだから。

仕事、か……。

もし、轟が生きていたら、仕事の一つも世話してもらえるかもしれないが、死んでしまってから顔を出したところで、どうにもなるまい。

そうだとも。もう、俺とは何の関係もない連中なのだ。

大沢は、求人欄を捜して、新聞のページをめくって行った……。

あれは、誰だったろう？

倉田淳子は、告別式の間、ずっとそれが気になっていた。

もちろん、父、轟は、倉庫会社の社長というだけでなく、いくつかの会社の重役も兼ねていたから、焼香《しょうこう》する人々の中に、知らない顔があっても、少しも不思議ではなかったのだ。

しかし、その男は、どこか違っていた。どこがどう違うのか、淳子自身にもはっきりとは説明できなかったが、同じように黒の上下に身を包んだ焼香客の中で、なぜかその男は、一人目立ったのである。

その男に淳子が目を引かれたのは、焼香の後、淳子や二人の娘——成美と美樹が座っている方へ向って、一礼した、そのときだった。

当然、淳子も頭を下げたのだが、再び顔を上げたとき、男と目が合った。その目には、他の焼香客とはどこか違った表情があった。

一種の——何と言ったらいいのだろう——馴れ馴れしさ、とでもいうのか、いや、決して不快なものではないのだが、単なる儀礼を越えた、個人的なつながりのある人間の視線のように感じられたのである。

誰だろう？——淳子は、父への追憶を忘れたわけではなかったが、その男のことが気になって仕方なかったのだ。

その男は、焼香を終えると、帰るでもなく、並べられた椅子の一番後ろの方に腰をおろしていたが、淳子からは、他の人の陰《かげ》になってよく見えなかった。

根本が、淳子の背後に、そっとやって来た。——父の腹心だっただけに、この葬儀の手配一切、一人で駆け回ってやってくれた。

頼りになる男だった。

「——お嬢さん」

と、根本は、顔を寄せて、低い声で、「失礼します。ちょっと——」

「何か？」

と、淳子は訊いた。

「何かあったの？」

席を立ってしまうわけにも行かない。淳子は、根本の方へ体を向けた。

「いえ、そうじゃないんですが」

と、根本は、ためらってから、「——ついさっき、焼香した男、ご存知ですか」

「男の人……？」

「ええ、今は——」

「一番後ろの席に座っている人のことかしら？」

「ええ、そうです。四十くらいの——」

さすがに根本だ、と淳子は思った。

「私も、気になってたの」

と、淳子は囁《ささや》くように言った。「何だか、他の方と違うような気がして」

「顔見知りじゃないんですか？」

「さあ……。よく分らないの」

と、淳子は首をかしげた。「あなた、どうして気にしてるの？」

「服が合ってないんです、体に」

なるほど。言われてみればそうかもしれない。いつもの淳子なら、気付いていただろうが。

「借りものね、きっと」

「名前を当ってみました。大沢、というんです」

「大沢……。憶えがないわ」

少し考えてから、淳子はそう言った。

「それに、あの年齢《とし》にしては、香典が三千円なんです。ちょっと変ですよ」

「金額はともかく……」

と、淳子は言って、「――よく考えてみるわ」

「分りました」

と根本が行きかける。

「根本さん」

淳子は、つい呼びかけていた。「——色々ありがとう」

根本の顔に、困ったような微笑《びしょう》が浮んだ。いや、知らない人が見たら、ただ顔をしかめただけにしか見えないかもしれない。淳子には分るのだ。

それは、父、轟が倒れてから、根本が初めて見せた微笑だった。

根本が受付の方へ戻って行く。

——大沢か。

淳子とて三十八歳になるのだ。大沢という名の知人も、一人や二人はいる。しかし、今の男は、どう考えても……。

いや、どこかで——どこかで会ったことがあるかもしれない。

突然、淳子はそう思った。

大沢。——誰だったろう？

しかし、必死になって捉《とら》えようとすればするほど、そのあまりにおぼろげな記憶は、再び闇の中へと戻って行ってしまうのだった……。

3　家

成美は、火葬場の庭に立っていた。

ママは、一緒に来た、会社の偉い人たちの相手で忙しい。

本当はママだって、とても悲しくて、泣きたいのだということは、成美にもよく分っていた。でも、今はだめなのだ。

大人って、とっても辛いときがあるんだな、と、成美は思った。子供なら、悲しければ泣いたっていいし、泣き疲れたら、眠っちゃえばいい。

だけど、大人はそういうわけにはいかないのだ。

おじいちゃんが、今、灰になって行く。成美は、高い高い煙突から立ち昇る煙を、じっと見上げていた。

ママにとっては、お父さんが死んだのだ。どんなに悲しいだろう。

そりゃあ、もちろん成美だって、おじいちゃんが死んで悲しい。でも――ワーッと泣き出すことはなかった。

大体、成美は、あまり泣かない子なのである……。

「お姉ちゃん」

と、声がした。

「どうしたの？」

と、成美は妹の美樹に声をかけた。「ママに、ちゃんと言って出て来た？　黙って出て来ちゃだめだよ」

「オシッコ」

と、美樹が成美の手を取る。

「うん。——じゃ、おいで」

歩きながら、トイレってどこだろう、とキョロキョロ見回す。——あった、あった。

「行っといで。ここで待ってる」

と、成美は、美樹をトイレの方へ押しやった。

「うん」

美樹も、五歳にしては小柄な方で、その点は姉と同様だ。しかし、活発な成美に比べると、至っておとなしく、「女の子らしい」女の子である。

成美の方は、おかげでいつも妹と比較されて、損な役回りだが、でも、それほど気にしているわけじゃなかった。

女の子らしくなるのは、もうちょっと大きくなってからでいいんだもの。別に、ボーイフレンドがいるわけでもないしね。

美樹が出て来るのを、ぼんやりと待っていた成美の背中に、何かがバタッと当って、足下に落ちた。

「誰?」

と、振り向いたが——誰も見えない。

当った、といっても、痛かったわけじゃなくて、それも当然で、当ったのは、小さく折りたたんだ紙きれだったのだ。

誰のいたずらだろう。

成美は、その紙きれを拾い上げた。——何か書いてあるようだ。

紙を広げてみて、成美の顔は、こわばった。——忘れていたわけではない。

あの、〈お前の母さんは、人殺し〉という手紙を。

しかし、こうしてまたも目の前につきつけられると、いくら成美がしっかり者だって、ギョッとして当然だ。

ただ、今回は少し文面が違っていた。前と同じ、定規を当てて引いたような字ではあったが。

〈お前のおじいちゃんも、人殺し〉

しまった。

──ポン、と背中を叩《たた》かれて、成美は、キャッと声を上げそうなくらい、びっくりして

「それなあに？」

美樹が、いつの間にか出て来ていたのである。

「何でもないの」

成美は、その手紙を、手の中で握りつぶした。

「──ちゃんと、手を洗った？」

「うん」

と、美樹が肯く。「二回も洗ったよ、美樹」

「じゃ、もう戻ろうか」

と、成美が歩き出す。

捨ててしまおうか、とも思ったが、いつの間にか、成美はスカートのポケットの中に、小さく握り固めたその手紙を入れてしまっていた。

ママたちの待っている部屋の方へ歩いて行きながら、成美は、ふと火葬場の門の方へと目を向けた。──男が立っていた。

黒い背広を着ている。遠くて、顔はよく分らなかったが、何だか、その男は、じっとこっちを見ているように思えた。

成美が足を止めると、美樹は一人でさっさと行ってしまう。成美に見られていると気付いたのか、男は、目をそらすと、門の所から、スッと姿を消した。

おかしいな、と思った。ここへ来た客なら、中へ入って来るはずだ。でも、その男は、外へ出て行ってしまったのだ……。

「――成美、どうしたの？」

ママがやって来た。

「ううん、何でもない」

成美は首を振った。「あ、美樹は？」

「中でジュースを飲んでるわ。あなた、いらないの？」

別に飲みたくなかった。でも、ちょっと迷ってから、成美は、

「うん、飲む」

と答えた。

その方が、何だかママが喜ぶような気がしたから。

「じゃ、そうなさい」

と、ママが成美の肩を軽く抱いてくれる。

何となく、成美は、目頭がジンと熱くなるのを感じた。こんな気分を味わうのは、初めてのことだ。

「――ママ」

「なに？」

「おじいちゃん、いい人だったよね」

成美の言葉に、ママはちょっと戸惑ったようだった。

「そうよ。とってもやさしかったでしょ？」

と、ママは言った。「でも、どうして、そんなこと訊くの？」

「別に」

と、成美は言った。「ジュース、飲もう、っと」

小走りに、駆けて行く成美を、ママは、ちょっと複雑な気分で、見送っていた……。

「――お嬢さん」

根本の声で、淳子は、ふと我に返った。

「あら、根本さん。――ごめんなさい。ついぼんやりしてて」

と、畳に座ったまま、向きを変え、「お客様は――」

「もう皆さん、帰られました。名古屋の方も――」

「叔父さんたちね」

「はい。今日中に戻らないと、仕事があるからとおっしゃって」

「あら、黙って帰ったの？」

「お嬢様によろしく、とおっしゃっていました」

「そう」

淳子は、苦笑した。「顔を合わせたくないんだわ」

叔父さん、などと呼んでいるが、別に本当の叔父ではない。もっと、ずっと遠い親戚なのである。

金銭にだらしのない男で、よく父の所へ借金に来ては怒鳴《どな》られていた。

「今度は私にお金を貸してくれって言って来るのかしら。いやだわ」

と、淳子は首を振った。

「そういうときは、私がお相手しますよ。いつでも呼んで下さい」

「ありがとう」

淳子は、根本を見て、微笑んだ。「本当に、あなたにはお世話になったわ」

「とんでもありません」

根本は頭を垂れた。「――社長がおられないと、会社も一向に面白くありませんです」

「まあ、そんなこと言わないで」

と、淳子は大げさに顔をしかめて見せた。「新しい社長さんも決るし、仕事は今までの通り、続いて行くわ」

「はあ」

根本は、少しためらってから、「──これは、余計なことかもしれませんが」

と言った。

「何かしら？」

「これからのことを……」

「ええ、よく分ってるわ」

淳子は肯いた。「ただ──私はもうここを出た人間だしね。家のこと、財産のこと、色々よく考えてみるわ」

「それがよろしいと存じます」

根本は肯いた。「税金のことなどは、会社の税理士がご相談に乗りますから」

「そうね。──相続税も大変だろうし」

父が死んで、すぐに、お金のことなど考えるのも、気が進まないことではあったが、却って、気が紛《まぎ》れていいのかもしれないとも思った。

「──今夜は、どうなさいます？」

と、根本が訊いた。

「ああ、そうね」

淳子は、柱時計を見た。「もう十時なの。こんなに遅いとは思わなかったわ」

「お子さんたちは、眠そうです」

「そうでしょうね。――いいわ。今夜はここに泊って行くから」

「誰か手伝いに寄こしましょうか」

「私はずっとここに住んでたのよ」

と、笑顔を見せて、「大丈夫。一人でやれるわ」

「かしこまりました」

根本は腰を上げた。

「本当にご苦労様でした。あなたがいなかったら、どうにもならないところだわ」

「とんでもないです」

根本が照れたように言った。「――おや、電話ですね」

淳子が動き出すより早く、根本は廊下を駆け出すようにして、電話を取っていた。

「――はい、轟でございます。――もしもし？――あ、どうも、これは。根本です。――はあ、少々お待ちを」

そばへ来た淳子へ、「ご主人からです」

と、受話器を渡す。

「まあ。――もしもし、あなた？」

「やあ、どうだ、無事に済んだのか？」

倉田正志《まさし》の声が、遠く聞こえて来る。

「ええ。根本さんにみんなやっていただいて。――どこからかけてるの？」

「ベイルートだ。来週にはそっちへ戻れると思う」

「分ったわ。色々、決めなきゃならないことがあるから」

「うん、社葬は？」

「来週の――水曜日」

「そうか。間に合えばいいけどな」

「無理しないで」

「何とかそれまでに帰るよ」

――お互い、声を聞くのは久しぶりだった。

父が死んだとき、倉田は、連絡のつかない所へ行っていて、結局、伝言してもらうしかなかったのだ。

「成美と美樹はどうしてる？」

少し間を置いて、倉田が言った。

「元気よ。今夜は、ここへ泊って行くわ」

「分った。――じゃ、帰国の日がはっきりしたら、また電話するよ」

「待ってるわ」

「じゃ――」

「あなた」

淳子は、引き止めようとするかのように、急いで言ったが、といって、何を言おうというわけでもないのだった。

「どうした？」

「――別に。ただ――早く帰って来てね」

と、淳子は言った。「会いたいわ」

「僕もだよ」

電話を切ると、淳子は、気をきかして離れて立っていた根本の方へ、

「社葬に間に合うように帰るつもりだって」

と言った。

「承知しました。――しかし、いつも仲がおよろしくて、羨しいです」

「まあ、冷やかさないで」

と、淳子は笑った。

――根本が帰って行くと、何だか、急に心細い気分である。

もちろん、ここは淳子が生れ、結婚するまで暮した家だから、出てから十年以上たつとはいえ、使い勝手は分っている。

父は、淳子が結婚して家を出てから、通いの家政婦を頼んで、一人でここに住んでいた。

——侘《わび》しいように聞こえるかもしれないが、ともかく多忙な人であり、侘しいなどと感じている暇もなかっただろう。

「——成美」

茶の間を覗くと、成美は美樹と仲よく並《なら》んで居眠《いねむ》りをしている。

「あらあら、風邪引くわ」

と、淳子は呟いた。

——それにしても、どうしたものだろう。

この家は、誰もいなくなってしまうわけだ。夫がいれば、ここへ越して来てもいいのだが、淳子と子供二人だけで住むには、ちょっと広過ぎて、それに団地の暮しに慣れた身には寂しい。

他にもあれこれ、片付けなくてはならない問題がある。

父が持っていた会社の株なども、全部淳子が継ぐことになるのだ。もちろん、税金のために、少しは処分しなくてはならないだろうが。

「——ま、いいわ」

と、肩をすくめる。

今、ここで考えていても、結論は出ない。

ともかく今夜は寝よう。二人を寝かせてしまってから、お風呂にでも入って……。

「成美。——起きて。——ほら、ちゃんと仕度をして寝るのよ」

半分寝たままの状態の成美と美樹を、二階へ引張り上げて、布団を敷き、押し込むのに、三十分もかかってしまった。

「やれやれ……」

息をついて、二人の脱いだワンピースを、たたもうとして——。

何だか丸めた紙が、スカートのポケットから転がり出た。

「こんなもの、入れて」

お菓子の包みか何かだろう、と思った。

淳子は、それを屑《くず》かごの中へ放り込むと、部屋の明りを消した。

4　遠い亡霊

陽射《ひざ》しが暖く、少し汗ばむくらいの日だった。

もっとも、淳子が汗ばんでいたのは、その陽射しのせいばかりではない。震え上るような冬の日だって、汗ばんでいたかもしれないくらい、沢山の買物をしたせいだった。三日ぶりに団地へ戻って来て、食べる物や、牛乳や、あれこれ買い込まなくてはならなかったせいである。

父、轟の葬儀の後始末は、ほとんど部下だった根本がやってくれたのだが、個人的な物や遺品の整理まで、根本に任せるわけにはいかない。取りあえず、来週の水曜日の社葬の準備だけで、大分時間が潰れてしまっていたのだ。

――重味で車輪がギシギシ鳴るショッピングカートを引いて、団地内のスーパーマーケットから、赤いレンガを敷きつめた遊歩道を歩く内、淳子はくたびれて、少しめまいがした。――このところ寝不足だったせいもあるだろう。

「もう年齢《とし》だわ……」

と、呟く。

ちょうど、喫茶店の前だった。一休みしよう。——美樹の幼稚園のお迎えは午後の二時だから、三十分ぐらい休んでから帰って出ても、充分に間に合う。

「——いらっしゃいませ」

団地の中の喫茶店だから、客は九割方、主婦。働いているのも、パートの主婦である。

たまに男の客がいると、やたらに目立つ。

今の時間は、普通の主婦が買物に出るには少し早いので、店は空《す》いていた。

四人がけの席に、ゆったりと腰をおろした。ショッピングカートは、店の表に置いてあるが、ガラスばりで、中からちゃんと見えているから、他の人に持って行かれる心配はない。

「カフェ・オレを下さい」

と、淳子は言った。

若いころはコーヒーに凝《こ》ったものだ。コーヒーのおいしい店があると聞くと、わざわざ、出かけて行ったりもした。もちろん、今はとてもそんなエネルギーがない。

それに、どんなことにも付合ってくれる友だちがいるからこそ、馬鹿げたことに熱中できるのだ。今はもう……。友だちといっても、誰もが忙しい。

よく、爽子《さわこ》とコーヒー飲みに行ったもんだわ、と淳子は思った。

るのだろう。

父の死が、いつも心のどこかにあって、乱れからまる重い、暗い思い出を、引き出して来

しかし、一旦よみがえって来た、亡き友の顔は、そう簡単に消えはしなかった。やはり

淳子は、頭を振った。忘れていたのに。もう、思い出したくもなかったのに。

爽子。——布川《ぬのかわ》爽子。

もう——十五年もたつ。

もし、爽子が生きていれば、もちろん、淳子と同じように、二、三人の子持ちの主婦に

なって、こんな喫茶店で、夫のぐちを言い合っていたかもしれない。

もちろん、そんな「もし」には、何の意味もない。父の死と共に、また一つの過去が、

埋《う》められたのだ……。

気にかかっていたのは、父の個人的な遺品や、手紙、メモ類の中に、十五年前の出来事

に係るものがないかどうか、という点であった。あの父のことだ。たとえ死後であっても、

あの出来事を思い出させるような物を残していたとは思えないが、しかし——晩年の父の

ことまで、淳子はよく知らないのだ。

時々会ってはいたにせよ、淳子は成美と美樹の二人を育てるのに手一杯で、父と二人で

ゆっくり話したことなど、もう七、八年もなかったのではないか。

父がもし、「死」を予感していたとしたら……。十五年前の罪を悔いて、何かを書き残

したということも、あり得ないわけではない。

死に際に、父が淳子の耳に、

「許してくれ」

と、囁いたのが、どういう意味だったのか、誰に向って許してくれと言ったのか、今となっては知りようもないことだが、しかし……。

万に一つ、何かが残っている可能性もないとは言えないので、淳子は、早く父の遺品を整理したかったのである。

「お待たせしました」

カフェ・オレが来ると、淳子は、また布川爽子を思い出した。二人でよく通った、コーヒーのおいしい店を。

「コーヒーのおいしい店？」

カップを口もとへ運んで、ふと淳子は呟いた。

コーヒーのおいしい店があります……。

誰かに、そう言ったことがある。――ずっと昔に。

でも、なぜ、そんなことを思い出したんだろう？

「――奥さん」

と、呼ばれたのが、自分のことだと気付くのに、少し間があった。

「え？——あら、何でしょう？　ごめんなさい、ぼんやりしていて」

と、淳子は言った。

話しかけて来たのは、この店を事実上、切り回している主婦で、もう五十代半ばぐらい。淳子も、この団地の役員などをやって、多少は顔見知りだった。

「いいえ、大したことじゃないの」

と、その主婦は言った。「この絵、どう思う？」

壁に、前にはなかった風景画が、かけられているのに、淳子は初めて気付いた。

「あら、この辺ですね。——東公園の池の辺りかしら？」

「そうよ。どう思う？　この絵を見て」

淳子は、ちょっとその絵を眺めて、

「いいんじゃありません？　色の使い方とか構図とか。——絵をかなりやられた方でしょうね」

と、言った。

正直に言えば、素人《しろうと》に毛の生えた程度でしかないのだが、誰が描《か》いたか分らない以上、賞《ほ》めておくに越したことはない。

「まあ、やっぱり分るのね」

と、その主婦が、嬉しそうに言った。

「じゃ、奥さんが?」

「いいえ、私、絵なんて、お日さまだって描けないわ。——あの人よ」

と、指さしたのは、淳子と同じくらいの年齢《とし》の、淳子にカフェ・オレを運んでくれた主婦だった。

「最近、週に三日、来てもらってるの。北畑《きたばたけ》さんよ」

その主婦がそばへやって来た。

「北畑圭子《けいこ》です」

「倉田です。よろしく」

と、淳子は、ちょっと腰を浮かして、会釈した。

「絵がお分りだとうかがったもんですから」

「私がですか? まあ、そんなこと。——昔、少しやったことがあるだけですわ」

と、淳子は笑って言った。

「お宅に、とてもすてきな絵が飾ってある、って、この間、どなたかおっしゃってたんです」

「本当にご覧になったら、がっかりなさるかもしれませんわ。——絵を習っておられたんですか」

「ええ。一応、美術学校を出たんです」

と、その北畑圭子という女性は言った。

「まあ、じゃ本格的ですね」

「でも、才能なくて」

と、笑って、「あの――失礼なことをうかがうんですけど」

「何でしょう?」

「倉田さん、旧姓は――」

「私ですか。轟ですけど」

「じゃ、この間、お父様が亡くなられた……」

「ええ」

「そうですか。新聞で、お名前を拝見して、どこかで聞いたことがあるなあ、と思っていましたの」

喪主は淳子になっていたからだろう。

「じゃ、私、何かでお会いしたことがありましたかしら?」

と、淳子は訊いた。

「いいえ。ただ――轟淳子、というお名前を、ちょっと知っていたものですから」

「じゃ、私が独身のころの?」

「ええ」

北畑圭子は、チラッと、淳子の向いの席を見て、

「かけてもよろしいですか？」

「どうぞ」

北畑圭子。――いくら考えても、心当りのない名前だったが、姓は、結婚して変っているのかもしれない。

こうして向い合ってみると、北畑圭子は、少しやつれている印象を与えた。

「私、割と最近、ここへ越して来たんです」

と、北畑圭子は言った。「子供は一人いるんですけど、主人が去年、急に亡くなって」

「あら――」

「働かなきゃいけないので、ここで雇っていただいて、その他に、家で、近所の子供に、絵を教えています。他に、できることもなくて」

と、北畑圭子は微笑んで言って、「倉田さん、ご存知ないかしら。沼原昭子《ぬまはらあきこ》という人を」

――突然、過去の亡霊が目の前に立ち現われた。淳子は、一瞬、顔がこわばるのを、どうすることもできなかった。

「――あの、すみません」

と、北畑圭子が、急いで言った。「何か私悪いことを申し上げたのかしら」

「いえ――そんなこと、ないんです。ただ、思いがけない名前だったので、つい――」

「私、沼原昭子と、美術学校の時、友だちだったんです」

「そうでしたの」

淳子も、やっと平静さを装《よそお》うだけの余裕ができた。「ええ、確か、昔、お会いしたことがあります」

「可哀そうだったわ、彼女。何とかいう画商に殺されたんですよね、確か」

「さあ……。そんな事もあったかもしれませんね。私、たぶん、一、二度会ったぐらいだったから」

「そうですか。――すみません、妙なこと申し上げて」

「いいえ」

と、淳子は首を振って、「――そう。そういえば、私もその画商に絵を売ってもらったことがあったんだわ」

「そうですか。でも、深入りしなくて良かったですね。昭子は、その人の愛人みたいになってて……。私、あの人が殺されるちょっと前、軽井沢のホテルで、会ってるんです」

「沼原昭子さんに？」

「ええ。――よく憶えていますわ。あの人、何だか不安そうにしていました。後から考えて、余計にそう思えるのかもしれませんけどね」

と、北畑圭子は一人で肯いて、「昭子、私に手紙を預けたんです。自分にもし、何かあったら、読んでくれ、って言って。本人もやっぱり分ってたんですね、きっと」

やっと、淳子も思い出した。

沼原昭子が、殺されるかもしれないと感じて、手紙を友人に託《たく》したという話を、後で耳にしたことがある。沼原昭子は、画商の中路《なかみち》に殺されると思っていたのだ。

「――もうずいぶん前のことですね」

と、淳子は言った。

「ええ。でも良く憶えてるんです。私、ちょうどその時ハネムーンの最中でしたから」

と、北畑圭子は言った。

「そうでしたの。――沼原昭子さんは、その時一人で？」

「ええ。その時も、美術学校以来、久しぶりでした。でも、まさかそれが最後になるなんてね」

北畑圭子は、店の中に飾られた自分の絵を見て、「昭子は、本当に才能のある子だったんです。私なんかとは、絵に対する打ち込み方が違っていましたわ」

と、独《ひと》り言《ごと》のように、言った。

そして、ハッと我に返ったように、

「すみません。こんな話で、お引き止めしてしまって。あれを描いてたら、何となく昔のこと、思い出したものですから」

「いいえ。――私もそろそろ行かないと。下の子の幼稚園のお迎えがあるものですから」

と、淳子は、立ち上って、料金を払うと、「じゃ、失礼しますわ」

店を出ようとして、淳子は、ふと振り返ると、

「あの絵、どこかに赤を入れた方が、ずっと良くなると思います」

と、言った。「赤い服の女の子とか、赤いボートとか。遠近感が出ますよ」

「ああ、そうですね」

北畑圭子は、ちょっと嬉しそうに、「描き足してみますわ」

と、肯いた。

――淳子は、ショッピングカートを引いて、家へ向って歩きながら、何ともいえない不安が、雲のように、音もなく湧き上って来るのを感じていた。

ショッピングカートの重さも、気にならない。我知らず、足取りが早くなっていた。

父の死が、遠い昔の犯罪を、眠りから覚ましたのだろうか？

「――馬鹿らしい！　心配することなんかないんだわ」

と、歩道橋を渡りながら、淳子は、口に出して呟いた。

沼原昭子、中路……。

一旦、よみがえって来た顔は、しかし、なかなか、淳子の前から消え去りそうにもなかった……。

「——北畑さん、電話よ」

北畑圭子が、倉田淳子の飲んだカップを片付けていると、電話がかかって来たのだった。

「すみません」

と、北畑圭子は、エプロンで手を拭って、「もしもし。——あ、私です」

北畑圭子は、ちょっと店の表の方へ目をやって、声を低くすると、

「——ええ、今しがた。——話しました。何だか、ギョッとしてました。ただびっくりした、っていうのとは少し違うみたいで。——これでいいんでしょうか？——ええ、分りました。どうも……」

北畑圭子は受話器を置くと、店の外を覗いて見て、「どこかから見てたのかしら？」

と、呟いた。

5 忍び寄る影

「はい、もうみんな、手を洗いましょうね」

と、鈴木久代《すずきひさよ》は、大きな声で言った。

もう喉《のど》もかれそうだ。――ひっきりなしに背中を伝い落ちる汗も、気持悪いとも感じなくなっている。

「これだから、屋外保育はね……」

と、ついグチも出るが、だからといって、子供たちを放り出して帰るわけにもいかないのだ。

いや、実際のところ、先生同士では、何のかのとグチも言い合うが、鈴木久代はこの仕事が好きではあるのだ。この幼稚園では、久代は若い先生の一人だが、母親たちの間では評判が良かった。

体も大きく、がっしりしていて、見るからに、「頼りがいのある先生」という感じを与えた。当人は、末っ子で、どっちかというと「甘えん坊」だったのだが、それだけに甘えたがる子供の気持は良く分り、子供にもなつかれていた。

「――ほら、ケンちゃん、マサミちゃん！　下りて来て！　気を付けるのよ！」

と、ジャングルジムの上の方に上ってしまった子供に呼びかける。

「ハーイ」

返事はいいけど、あれがくせ者で、少なくとも五回は同じことを言わないと、やりゃしないのである。

「鈴木さん、ヨシタカ君、見なかった？」

と、他のクラスの先生がやって来る。

他のクラスの子まで見てられない！　相手が、自分より十歳も年上の先生では、そう言い返すわけにもいかず、

「さあ……。見ませんでしたけど」

「そう。困っちゃうのよね。あの子、前にもここから家へ帰っちゃったことがあって、大騒ぎしたんだから」

と、うんざりしている様子。

まあ、幼稚園の先生というのは重労働である。やっと二十五歳になったばかりの久代だって、いい加減《かげん》体中が痛くなるのだ。三十代も半ばともなったら、くたびれて、文句の一つも言いたくなるだろう。

「この近所ですものね、ヨシタカ君の家」

「あそこのお母さんは、お迎えには遅れて来るし、本当にいい加減なの。よく似てるわ、子供の方も」

と、首を振って、「じゃ、下の方を捜してみるわ」

と、言った。

——この団地の中には、広い公園がいくつもあるので、園庭だけでの保育では子供も飽きるだろう、と週に一度、あちこちの公園まで、遊びに来るのだ。

これを〈屋外保育〉と呼んでいるのである。

都心の、狭い幼稚園で働いている友だちが一度、久代のいる幼稚園を見学に来て、羨しがっていたが、確かに、これだけのびのびと子供を遊ばせておける環境は、今、なかなか見付けられないものだろう。

だが、いいことばかりとも言えない。この東公園も、あまりに広くて、子供たち全部に、なかなか目が届かないのだ。団地の住人ももちろん入って来るし、先生たちの気のつかい方も、一通りではなかったのである。

「私、見て来ましょうか」

と、つい、久代は言ってから後悔した。

「そう？　じゃ、お願いするわ」

と、相手はホッとしている。

「いいえ、どうせ、うちのクラスの子も、一人や二人は行ってますから」

東公園は、真中に、かなりの広さの池があって、それを見下ろすように、遊歩道や芝生《しばふ》、ちょっとした、アスレチックの道具などが置かれている。

万一、誰か落ちたりしたら大変というので、池の周りで遊ぶのは禁じているのだが、子供の中でも、冒険好きな子は、必ず何人か、池の方まで下りて行ってしまうのだった。

池の方まで行くには、結構急な階段を下りて行かなくてはならないので、なかなか大変ではある。上って来ることも考えると、ついためらってしまうのも無理はないところだった。

自分で言い出した以上、仕方ない。久代は、急な階段を、池の方へと下りて行った。

階段といっても、山道のように、丸い木を渡してあるだけの、曲りくねった坂道で、転んで下まで転がり落ちる心配はない代りに、踏み外さないように下りて行くのは結構大変だった。

「――あら」

下って行く途中で、久代は、一人で草をつんで集めている女の子に気付いた。「美樹ちゃん！　ここにいたの？」

「うん」

たからだ。

一瞬、久代はドキッとした。自分のクラスの子なのに、どこにいるかつかんでいなかった。

倉田美樹は、おとなしくて、目立たない静かな子だった。手もかからない代り、先生がああしよう、こうしようと言わないと、いつまでも一人でぼんやり突っ立っている。

孤独を愛する——という感じで、屋外保育に来ても、みんなと駆け回ったりしないで、たいていは一人で、何かしながら遊んでいた。

「もう上に行ってね。そろそろ、お帰りの時間よ」

「はい」

と、美樹は言った。「あと十本、お花をつんだら」

どう見ても、つんでいるのは、ただの雑草である。

「分ったわ。じゃ、十本ね」

「うん」

久代は、ちょっと笑顔で肯いて見せると、池の方へ下りて行った。

「あら、鈴木先生」

今日、〈池の見張り〉の係をしている、大津弥生《おおつやよい》が久代を見て、声をかけて来た。「そろそろ引き上げ？」

必ず池の方まで来る子がいるので、交替で一人、池を見回っているのだ。

「ええ。ヨシタカ君、見かけない？」

大津弥生が黙って指さす方を見ると、当の「ヨシタカ君」を始め、四人の子が、池のへりに行って、泥だらけになっている。

「あーあ。うちのクラスの子も二人……。洗ってやんなきゃいけないじゃないの」

と、久代はため息をついた。

しかし、この幼稚園は、どっちかといえば、「厳しいしつけ」よりも、「のびのびと遊ばせる」方に主眼を置いていたから、泥だらけになっても、あまり文句は言えない。

「手伝って。水道の所で、手と足だけでも洗ってやらなきゃ」

と、久代は大津弥生に声をかけた。

「いいわよ」

大津弥生は、久代より一つ若い。小柄だがよくこまめに動くタイプだった。

「──ほら、みんな、もう帰るのよ」

と、久代が大声で言うと、

「ええ？」

「もうちょっと！」

といった抗議の声が上る。

「ほらほら、早くしないと、お母さんたちがお迎えに来ちゃう！──みんな、水道の所まで、かけっこ！　ヨーイ、ドン！」

「ワーイ」

四人の子は、ドタドタと、泥をはね飛ばしながら駆けて行った。

——倉田美樹は、やっと四本目の花を見付けたところだった。

先生から見れば、花なんかついてない雑草を、ただ集めてるだけかもしれないが、美樹は美樹なりに、一つの「規準」があったのである。

もっとも、当人だって、何が規準なのか、よく分っていなかったかもしれないが。

「これはねえ……アカネちゃん」

と一本、厳しい選択眼にかなった草が抜き取られる。

何となく、誰か美樹の知っているお友だちや、近所の子を、思い出させる草を、集めているのだ。

「これは——太ってるから、ヨッちゃん」

美樹の目は、輝いていた。あと何本かな？」

これで……一つ、二つ、三つ……。これで六つだから、十本まで、あと……二つ？　三つ？

ふと——誰かの影が、美樹の手もとにかぶさった。

暗いなあ。美樹は、顔を上げた。

ね、どいてよ。そう言いたかった。でも――何も言わない内に、その人影は、美樹の上に覆《おお》いかぶさって来た。

四人の子の、手足にこびりついた泥をやっと水で洗い落としてやって、久代は、

「さ、じゃ早く上に行きましょ」

と、四人を押しやった。

あの階段を子供たちが上って行く。大津弥生は、先に立って、子供たちの手をつかんで引張り上げたりしていた。

久代は一番後ろについて、またどこかわき道へそれないかどうか、見ていた。

そして――ふと、途中で倉田美樹のことを思い出した。

「美樹ちゃん」

と、覗き込むと――もう美樹の姿はなかった。

先に上ったのかしら。あの子は割合素直な子だから……。

歩き出そうとして、ふと久代は、その場に投げ捨てられた何本かの雑草に目を止めた。

――これは、美樹が集めていたのと違うのかしら？

あんなに何だか熱心につんでいたのに、こんな風に捨てていくかしら？　でも――もちろん、子供っていうのは、気まぐれなものだから。

「先生、遅いよ！」

と、上から「ヨシタカ君」が、呼びかける。

「――よし、見てろよ！」

久代は、ワーッと凄《すご》い勢いで駆け上って行く。子供たちが、キャーキャー騒ぎながら、駆け出した。

上では、もう園へ帰るべく、クラスごとに集まっている。久代は、自分のクラスの子供たちを集めた。

「はい！　ちゃんと集まって！　誰か、いないお友だちは？　ちゃんと、みんないるかなあ？」

もちろん、そう声をかけながら、久代の目は、一人一人の子供の顔を確かめている。

――大丈夫。みんないる。

でも念のために人数を。――一、二、三……。

「先生」

と、女の子の一人が、言った。「美樹ちゃん、いない」

そうだ！　また、美樹のことを忘れていたのだった。

「美樹ちゃん！――美樹ちゃん、いない？」

と、久代は、他のクラスにも充分聞こえる声で呼んだ。

「どうしたの？」

と、大津弥生がやって来た。

「倉田美樹ちゃんがいないの」

「美樹ちゃんって……。ああ、あのおとなしい子ね」

と、弥生は肯いて、「池の方には来なかったと思うけど」

「下りて行く時、途中で見たの。でも――もう戻ってるとばっかり……」

「おしっこじゃないの？」

「でもトイレは見たわ。どこへ行ったのかしら？」

久代としては、別にそう不安だったわけではない。子供が一人、フラッとどこかへ行くことは良くあるし。

「下へ下りてない？」

「だって……下りて来れば分るはずよ。それに、あの子は勝手にどこかへどんどん行っちゃうタイプじゃないし」

「でも、あの四人の手足を洗ってる間に下りて来てたら、見落としたかも」

「そうね。――じゃ、悪いけど、ここ、みててくれる？　一旦下りてみる」

「いいわよ」

久代は、また、下りの階段を小刻みな足取りで、下りて行った。

もちろん、むだ足だとは思うが。——むだ足をいやがっていては、子供たちの相手などできやしないのである。

池の所まで下りて来て、久代は、左右を見渡した。

「——すみません」

と、誰か、近所の主婦らしい女性が、声をかけて来た。

「はい？」

「あの——幼稚園の先生ですか」

「そうです」

「何か、向うの方で、子供が池に落っこちたとかって騒いでますけど」

久代の全身から、血の気が引く。次の瞬間には、猛然《もうぜん》と走り出していた。

「——本当に申し訳ありません」

と、若い先生に頭を下げられて、

「いえ、きっと、うちの子が勝手に歩き回ってたんだと思います。どうか、お気になさらないで下さい」

と、淳子は言った。

「でも、池の方へ下りて来たのに気付かなくて。池が浅くて幸いでしたけど」

「先生も――服が濡《ぬ》れてらっしゃるんじゃありませんか」

「私は大丈夫です」

と、鈴木久代は言った。「美樹ちゃん、風邪をひかないといいんですけど」

幼稚園からの電話で、淳子は、美樹の着替えを持って、すっ飛んで来たのだ。

東公園の池は、大きいが、やはり子供が落ちたりすることを考えて、深さは、子供でも腰ぐらいまでしかない。美樹は、別に泣きもせずに、水の中に、ポカンとして立っていたのだ……。

「――はい、お待たせしました」

と、大津弥生が、美樹を連れて、職員室へ入って来た。「ちゃんと、あったかいシャワーを浴びて、頭もドライヤーで乾《かわ》かしたもんね。きれいになったわよ」

「うん」

美樹は、アッサリと肯いた。

「美樹！　勝手にどこか行っちゃだめよ」

と、淳子は、美樹をそばに抱き寄せて、「ほら、先生だって、あんなにびしょ濡れになっちゃったじゃないの」

「美樹、どっこも行かないよ」

と、抗議に出る。

「だって、お池に落ちちゃったんでしょ？」

「うん」

「どうしてお池に落っこちたの？」

「投げられたんだもん」

と、美樹は言った。

「投げられた？――誰が投げたの？」

「知らない。美樹、かかえられて、お池に投げられたんだよ」

美樹の口調は、いつもの通りで、淡々《たんたん》としている。――言いわけ、という様子はなかった。

しかし……。

「美樹、それは本当なの？」

「うん」

「大変なことよ、それは」

「本当だもん」

「どんな人だった？」

「分らない」

と、美樹は首を振る。

本当だろうか？　美樹を抱いてやりながら、淳子は、鈴木久代と、不安げに目を見交わしたのだった……。

6　夜の中に

「ママ……」

成美は、そっと声をかけた。

しかし、ママは、ソファに座って、じっと、頭を前に垂れ、両手を固く握り合せているだけだ。

聞こえないのかな、と思って、成美は、もう一度声をかけようとした。

「――どうしたの？」

やっと、ママが、顔を成美の方へ向けた。――そのママの顔に、成美はちょっとショックを受けた。ママの笑顔は、いつも見ているけれど、今日のは、これまで見た、どんな笑顔とも違っているみたいだったからだ。

ママは、ひどく疲れているようで、声にも力がなく、笑顔も、ちっとも明るくなかった。

「美樹、どうしたの？」

と、成美が訊くと、ママは真顔になって、

「どうかした？　眠ってないの？」

と、訊いた。

「ううん、寝てるけど……。どこかに落っこちたんだって？」

「そう。東公園のお池にね。成美も気を付けて」

ママは、あんまり話がしたくない様子だったが、成美は、居間へ入ると、

「誰かが、美樹を落としたの？」

と、訊いた。

「分らないのよ、よく。美樹はね、そう言ってるけど」

ママは苛々《いらいら》した調子で、「早くお風呂へ入って、寝なさい」

と、言った。

「うん……」

成美が、居間を出ようとすると、

「成美」

ママが、呼び止めた。「ごめんね。ママ、つい心配でね、あなたたちのことが。――でも、成美はもう小さな子供じゃないんだものね」

「ママ……。具合悪いの？」

ママは、ちょっと笑った。

「大丈夫よ。　ほら、ママのお父さんが死んじゃったりして、ママも少し悲しかったし、疲れたのよ」

「じゃ、ママ、先にお風呂に入って、寝たら？　私、後でいい」

ママは、成美の言葉に、何だかついセンチになったのか、涙ぐんでしまった。

「——ありがとう。でも、ママは、まだすることがあるから。ね、成美」

「うん」

「美樹が本当に誰かに池に投げ込まれたかもしれないんだから、あなたも気を付けるのよ」

「分った」

「分ったわね。一人で寂しい所へ行ったり、暗くなるまで、遊んでいたりしちゃいけないわ。いいわね？」

「うん」

「それに——ママは、亡くなったおじいちゃんの持ってた物とか、整理しなきゃいけないの。出かけて、もちろんちゃんと帰って来るけど、もし遅くなったら、美樹のことはお願いよ」

「うん、大丈夫だよ」

「幼稚園のお迎えは、ママがするけど。——成美がしっかりしてくれているから、ママ、助かるわ」

成美は、少し頰《ほお》を赤らめた。ママが、こんな風に言ってくれることは珍しい。

もちろん、成美は忘れているわけではなかった。あの二つの手紙を。

〈お前の母さんは、人殺し〉

〈お前のおじいちゃんも、人殺し〉

――いたずらだ、とも思ってみた。

世の中、変なことをする人ってのは、いるんだから、今日、美樹を公園の池に投げ込んだ奴みたいに……。

でも――本能的に、成美は、あの手紙がもっと「悪い」ものを持っていることを、感じ取っていた。

手紙の中身が、本当かどうかは別として、あれは、ただのいたずらじゃない、もっと何か、悪さをしようとしている人間のやったことだ。

ママが人殺しなんて！　そんなわけないじゃないか！

「ママ」

と、成美は言った。「何か心配してることがあるの？」

「どうして？」

「何となく……」

「そう？　そりゃ全然ないわけじゃないけどね。でも、成美が気にするようなことは、別にないわ」

ママは、そう言って、成美の頭を軽くなでると、「ね、ゼリーがもうひえてるわ。一緒《いっしょ》に食べようか」

と、言った。

「うん！」

「じゃ、冷蔵庫から二つ持って来て」

さすがに成美もすばやい。ママの作った、オレンジゼリーを二つ、持って来て、ついでにスプーンも二つ出して来た。

「じゃ、食べよう。――あと二つあるから、明日、朝、美樹と二人で食べるのよ」

「うん」

もう、成美は食べ始めていた。ガラスの器が、持てないくらい冷たい。

と――玄関のチャイムが鳴った。

「誰かしら？」

と、ママが玄関の方へ目をやる。

「パパじゃない？」

「まさか。そうすぐには帰って来れないわよ」

と、ママが笑う。

「でも――パパみたいな気がする」

成美は、駆けて行って、インタホンに出た。

「はい」

「――パパだよ」

と、返事がある。

「ほら――パパだよ、ママ！」

成美は玄関へ走って行った。

「まあ――でも、どうして――」

ママが、急いで、追いかけて来る。

チェーンを外すのももどかしい。成美がドアを開けると、懐《なつか》しいパパが立っていた。

「起きてたか！　大きくなったな」

「パパ、夏休みに会ったばっかりだよ」

「そうか。いや、もう何年も会わなかったみたいだ」

「あなた……」

「やあ。うまく時間が空いたんだ。で、席を一つ、急いで取って、帰って来た」

「電話ぐらい……」

「すまん」

パパは、上って来て、重そうなバッグを置いた。「タクシーが混みそうだったんで、ともかく早く帰ろうと思ったんだ。遅くなると、二人とも寝てるだろうしな」

「お帰りなさい」

ママが、パパの手を握っている。成美は、ママが泣き出しそうになっているのが分って、

「おみやげ、ある？」

と、わざと訊いてみたりした。

「いや、大急ぎだったからな」

「パパだけでいいや」

「そうか」

パパは、成美の頭をかき回すようにして、「急いで帰って来たかいがあったぞ」

と、嬉しそうに言った。

「――何か食べる？」

と、ママが訊いた。

「お茶漬がいい。ご飯は？」

「あるけど……。昨日の」

「何日前でも構うもんか」

「お風呂に入って来たら、パパ？」

と、成美は言った。「私、後でいいから」

「明日学校だろ？　遅くならないか？」

「もう六年生だよ。こんなに早く寝る子、いないよ」

「そうか。よし。じゃ、入って来ようか！」

と、パパはネクタイをむしり取って、言った。

パパがお風呂へ入りに行くと、成美は、ママに言った。

「いいカンだったでしょ」

「本当ね。今度から、成美に出てもらおうかしら、いつも」

ママは、お湯を沸《わ》かしながら、本当に嬉しそうだった……。


「——成美はもう寝たわ」

と、淳子は言った。

「そうか」

倉田正志は、TVのプロ野球のニュースを見ていた。

「あなた、野球なんか、ちっとも好きじゃなかったのに」

と、淳子は笑って、言った。

「何しろ日本語が聞いていたいんだ」

倉田は、お茶を飲み干し、「もう一杯くれ。日本のお茶は旨《うま》い！」

「いくらでもどうぞ。お茶で破産することもないでしょ。――どれくらい休めるの？」

「一週間だ、取りあえず。まあ、よほどのことがない限り、途中で呼び戻される、ってことはあるまい」

「呼び戻されたって、帰さない」

と、淳子は、夫に並んで座ると、頭を夫の肩にもたせかけた。

「疲れたろう」

TVを消して、倉田が言った。

「いいのよ、TV、見てても」

「いや、もういい。社葬の準備は？」

「そっちは根本さんがやってくれているから大丈夫。問題は相続とか、色々細かいことよ」

「そうだな。――しかし、このところ、お義父《とう》さんには会ってなかった。夏に、一度、会っとけば良かったよ」

「でも、私たちのことは心配してなかったわ」

「そりゃそうだろう。何しろ、こんなにいい亭主だからな」

「冗談、それ？」

二人は、ちょっと笑った。

「――もうすぐ十二時か」

と、倉田は、時計を見て言った。「大丈夫か？　朝、早いんだろ？」

「いつも、これぐらいよ」

「そうか」

「あなた、疲れてるでしょ？　眠ったら？」

「いや、時差のせいもあって、目が冴えてるんだ。まあ、明日はゆっくり寝るよ」

「起さなくていいの？」

「一応会社へ電話を入れる。そうだな。昼過ぎに起きれば充分だ」

「そう」

淳子にも、話したいことはある。美樹の、今日の事件のことも、いずれ話しておかなくては。しかし、今でなくてもいい。

今夜、そんな話をする必要もないはずだ。

夫の手が、わき腹へ回って来て、淳子は、体が熱くなるのを感じた。

「――いいのか？」

「いいわ」

二人は立ち上った。居間の明りが消える。

淳子は、ネグリジェの胸元の紐を自分で引いた。

――思いもかけなかった夫の帰宅が、淳子の燃え立つような情熱を、いっそうかき立ててくれたようだった……。

眠くない、なんて言いながら、夫は、淳子を抱いた後、すぐ眠り込んでしまった。

淳子は、そっとベッドを出ると、浴室へ行って、シャワーを浴びた。

今日一日、美樹のこともあって、気が重かったのだが、夫が帰って、一転、最良の日になってしまった。

「現金なもんね」

と、自分で笑ってしまう。

ベッドへ戻ると、夫は軽くいびきをかいて眠っていた。――おそらく、向うではぐっすり眠るということが、あまりないのだろう。

一見呑気《のんき》そうに見えて、割合に神経質なところがあるのだ。

もう、日本に戻って来てくれればいいのに……。淳子は、ベッドに入って、目を閉じながら思った。もちろん、仕事があるから、そんなわけにはいくまいが。

一週間たったら、また遠くへ行ってしまう。それを考えると、淳子は、胸が痛んだ。

特に今は——父を失った今となっては、本当に頼れるのは、夫しかいないのだから。

もちろん、分っている。その夫にでも、打ち明けられない秘密を、自分はかかえている。

今の、淳子の不安の一つは、そこにあった。あれは偶然だろうか？

何だか、父の死をきっかけに、妙なことが続くのは……。

一つは、告別式に来ていた男だ。確か……。そう、大沢とかいった。

そして、今日、喫茶店で会った北畑圭子という女。沼原昭子の友人だったという。そして——まさか、とは思うが——美樹が池に落ちたこと。

どう考えても、おかしなことが多すぎる。いや——気のせい、と言われれば、そんな気もするが、しかし、用心しておくにこしたことはあるまい。

今さら、十五年も昔の殺人が、よみがえって来るなんてことはないだろうが。

もちろん夫は何も知らないし、知らせてもならないことだが、そばにいてくれるだけで、心強い。一人でいるから、あれこれと、つい考えてしまうのだろう。

でも——夫を、ずっとここに引き止めておくわけにもいかないのだ。何といっても、サラリーマンなのだから。

もし——もし、夫が……。

淳子は、ハッとして、頭を上げた。夫はぐっすりと眠っている。

父が死んで、父の持っていた株は淳子の物になる。もし、夫に、父の会社を継がせることができたら……。

社長でなくてもいい。幹部の一人として、倉庫会社の経営に加わるぐらいのことなら、淳子の、株主としての力で、何とかできるのではないか。

そうすれば――夫はもう、中近東へ行くこともないし、行く行くは、社長になることだって……。

そうだわ。どうして今まで、そんなことを考えつかなかったんだろう?

夫も、父の下で働くのは抵抗があったかもしれないが、もう父はいないのだし……。

「そう。そうだわ。明日、話してみよう」

興奮のあまりか、淳子はつい、口に出して言っていた。

夫が、寝返りを打つ。――淳子は、自分の思い付きに、すっかり頭も冴えてしまって、じっと暗い天井を見上げていた。

7　社　葬

いやな天気だった。

「ま、葬式にゃちょうどいいか」

と、大沢は呟いた。

しかし、俺もどうして二度もやって来るのかな。——別に、轟とどうつながりがあったわけでもないのに。

「コーヒーをくれ」

大沢は、早く葬儀場に着き過ぎて、道の向いの喫茶店に入っていたのである。

店の客の半分——いや、三分の二は、葬儀場の客らしい。黒のスーツ、黒のネクタイ。

店自体はいやに可愛い、女の子向きの造りなので、何となく客とアンバランスな感じである。

轟の社葬に来る人間たちばかりだから、互いに顔見知りなのだろう。そここで、

「やあ」

「お久しぶり」

といった声が聞こえる。

ちゃっかり、この機会に商談をしている奴もいる。

ま、人間の死といっても、本当に悲しいのは、家族ぐらいで、他の人間は、自分に利害関係がなければ、大して関心も持つまい。

大沢は、苦いコーヒーを飲みながら、

「雨にならなきゃいいがな」

と、呟いた。

「——失礼します」

と、声がした。

やはり、黒いスーツの男が、立っている。

「何です？」

と、大沢は訊きながら、こいつ、この前の告別式の時にいたな、と思っていた。

元刑事だけあって、人の顔はよく憶えている。

「ちょっと、よろしいでしょうか。——私、亡くなった轟社長の下におりました、根本と申します」

「どうも……」

根本は、大沢の向いの席に座ると、やって来たウェイトレスに、

「いや、すぐ行くからいい」

と、手を振って見せた。「突然、申し訳ありません。先日、告別式にもおいで下さっていましたね」

「ええ。よく憶えてますね」

「実は——社長のお嬢様が、お客様のことを、どうしてもどなただったか、思い出せないとおっしゃって……。後で気にしておられたんです。それで、もし今日もおみえになったらうかがってみてくれないか、と」

「ああ、なるほど」

「今、ちょっと大切なお客様をここへご案内して来ましたら、気が付いたものですからね——。ぶしつけで、申し訳ありません」

「いやいや」

と、大沢は首を振った。「憶えておられなくて当然ですよ。十……五年くらい前になるでしょう」

「どういうお知り合いで——」

「私は、元刑事でしてね」

「警察の方ですか」

「今はもう辞めています。十五年前。まだ若いころですが、あのお嬢さんの親友だった女性が事故で亡くなって……。ま、その女性がある殺人事件のことを調べたりしていて、私も知っていたものですからね。それに関連して、あのお嬢さんに——いや、父親の轟さんにもお会いしたことがあるんです」

「そうでしたか」

「——会ったといっても、一度か二度。ともかく、あちらは憶えておられなくて当然ですよ。新聞の死亡広告で、名前を見て、ふっと思い出しましてね」

「なるほど。分りました。いや、妙なことをお訊ねして、すみません」

と、根本は頭を下げた。

「いや、とんでもない」

「失礼ですが——ご名刺でもいただけませんか」

「それが……」

と、大沢は、肩《かた》をすくめて、「体をこわして、今は失業中の身なんです。すみませんね」

「そうでしたか。——では、これで失礼します」

「ご苦労様です」

と、大沢は、丁寧に言った。

根本が行ってしまうと、大沢は、何となく苛々した気分になって、コーヒーを飲み干した。

もちろん、大沢としては、向うに文句を言われたわけではないが、しかし、やはり怪しんでいたからこそ、ああして、わざわざ声をかけて来たのだろう。

何だか得体の知れない奴がいる、というので……。得体の知れない、か。

あの轟こそ、どことなく、つかみどころのない男だったが。

あの連続殺人事件は、一時、かなり世間を騒がせたものだ。――中学生の女の子が惨殺された事件だった。そして、あと何人殺されたろう？

大沢も、直接関っていたわけではないから、詳しくは知らないのだが。

まあいい。――ともかく、今は自分の仕事を見付けることだ。他人のことまで、気をつかっちゃいられない。

大沢は、店の中の一人の客が、じっと自分を見つめているのに、全く気付かなかった……。

「――お嬢さん」

根本に呼ばれて、淳子は、控室から廊下へ出た。

「何か準備で問題でもあったの？」

「いえ、大丈夫です。あと十分ほどしたら、会場の方へ」

「実は、お嬢さん、先日、告別式に来ていた、大沢という人ですが」

「ああ、憶えてるわ」

「今、向いの喫茶店にいらしたので――」

根本が、大沢の説明をくり返すと、淳子は、ふっと目をそらした。

「――お嬢さん、どうかなさいましたか」

淳子は、目をつぶって、軽く頭を振った。

「いえ、大丈夫。――ちょっと寝不足なの」

「少し横になっておられては？」

「いえ……。そう、刑事さんね」

「今は失業中といっていました」

――刑事。

おいしいコーヒーの店か……。そうだった！

大沢という名前だった。――どうして忘れていたんだろう！

でも――あの、北畑圭子といい、大沢といい、今、同時に現われたのは、偶然なのだろうか？

「お嬢さん」

「分りました」

と、根本に言われて、ハッと我に返る。

「根本さん、大沢さんという方、ご連絡先をうかがっておいてくれない？」

「かしこまりました」

と、根本は肯いた。「他に何か――」

「いえ、いいの」

と、淳子は言って、「それより……。あなたに、折り入ってお願いがあるの」

「何でしょう？」

「ここじゃ、ゆっくり話せないわ。今夜、すみませんけど、父の家へ来ていただけないかしら？」

「もちろん、うかがいます。何時ごろに？」

「そうね……。今夜は父の所へ泊るつもりだから多少遅くても。――九時ごろにしてくれる？」

「かしこまりました。社長のお宅に九時ですね」

と、律儀にくり返す。

「ママ」

と、成美が、出て来て、手を引張った。

「あら、何？」

ちょうど廊下を、黒いスーツの、高品浩子がやって来るところだった。

「先生だよ、ほら」

「まあ、先生、わざわざおいでいただいて」

と、淳子は頭を下げた。

「いいえ、とんでもありません」

高品浩子は、少し照れくさそうに、「ここの場所が分らなくて。地下鉄から、逆の方へ歩いてしまったんです」

黒いスーツを着ると、高品浩子は、ずいぶん大人びた落ちつきを感じさせた。いつもの若々しい印象とは別人のようである。

「先生も中に入ってれば？」

と、成美が、高品浩子の手をつかんで、引張る。

「あら、それはだめ。先生は、成美ちゃんの親戚じゃないんだから」

と、高品浩子は言った。

「でもどうぞ。お茶でもお飲みになって下さい」

と、淳子もすすめたので、高品浩子は、成美に手を引かれて、控室へと入って行った。

「――今のは誰だ？」

と、やって来たのは夫だった。

「あなた、どこへ行ってたの？」

「ちょっとタバコを喫《す》ってた。この中じゃ、どうもな」

「今のはほら、家庭教師の先生じゃないの」

「今の人が？」

と、倉田は目を丸くして、「見違えた！　しかし、美人は黒が似合うな」

「何を言ってるの」

と、淳子は苦笑した。

「お前も一段と美しい」

「やめてよ」

と、淳子は夫のわき腹を、つついてやった。「それより――今夜、根本さんに来てもらうことにしたわ。話し合いましょう」

「うん……」

倉田は、肯いた。

「やっぱり気が進まない？」

「いや――」

倉田は首を振って、「よく考えたんだ。やってもいいかな、って気になってる」

淳子は目を輝かせて、

「あなた！」

「待ってくれ。しかし、問題は、お義父さんの会社の重役連中だ」

「私がうまくやるわ。——任せて」

と、淳子は言った。

そこへ、根本が急ぎ足でやって来た。

「そろそろ式場の方へ、お願いします」

「分ったわ」

淳子は、よほど気を付けていないと、客の前で笑顔を見せてしまいそうだわ、と思った。

8　部長の座

「部長」

　そう呼ばれても、倉田正志は、すぐには目を上げなかった。

　もちろん、自分のことだというのは、よく分っている。ここは部長室で、しかも自分一人しか、今は席にいないのだから。

　秘書は三十分ほど前から出かけて、まだ戻らなかった。

「部長。よろしいですか」

　倉田は顔を上げた。

「根本さん。何ですか？」

「根本、と呼んで下さって構いませんよ」

　と、根本は笑って言った。「部長に『さん』づけで呼ばれては、こっちの立場がありません」

「そんなことはないですよ。何しろ、散々お世話になってるんだから。——何かご用で？」

「実は、ちょっとお耳に入れておきたいことが」

と、根本は言った。「よろしければ、上でお茶でもいかがですか」

「いいですね」

倉田は、深呼吸をした。「この資料をずっと朝から読んでるんで、頭の中が煮え立ってるんです。少し冷ます必要がある」

「では、行きましょうか。——秘書がいないな」

「なに、いなくたって、こんな新米部長の所に用のある人間はいませんよ」

立ち上った倉田は、伸びをして、言った。

エレベーターでビルの最上階へ上る。

〈轟ビル〉は、五年前に新たに建てられたばかりである。十七階建という、この近辺ではかなりの高層の建物だった。

もちろん全部が轟倉庫ではない。系列の運送会社や、冷凍会社なども入り、一、二階には銀行も入っている。

十七階の展望ラウンジでは、秘密の商談などに使えるように、個室のコーナーが用意されていた。

「——どうせ空いてるんだ。個室にしましょう」

と、根本が言った。

「大げさな物を作ったんだな、轟さんも」

と、倉田は言った。

ドアがいくつか並んでいるが、一つ一つの個室は、壁で仕切られているだけではなく、間にちゃんと空間があった。隣《となり》の部屋の話は、いくら聞き耳を立てても、聞こえない。

「いや、一時、防衛庁関係の仕事をしていたんですよ、轟さんは」

「そりゃ知らなかった」

「そのころ、このビルを建てたんです。だからこんなに厳重なんですよ」

「今は？」

「もうやっていません。轟さんはそういう仕事にもともと気が進まなかったんです。確かに確実に利益はありますが、代りに、何のかのとやかましいですからね。――ここにしましょう」

根本が、一つの個室のドアを開ける。

と、一つ置いた隣のドアが開いて、専務の三宅《みやけ》が出て来た。

根本と倉田を見ると、三宅は何だかギョッとした様子だったが、すぐに笑顔になって、

「やあ倉田さん」

と、話しかけて来た。「どうです。慣れましたか、仕事の方は」

「勉強中ですよ」

と、倉田は言った。

三宅のいた個室から、若い女性が出て来た。どう見ても、社員ではない。化粧の濃い、派手な印象の女だった。

三宅が、ちょっと咳払いして、

「仕事の打合せでね」

と、何だか言い訳がましく、「じゃ、また――」

と、女を促して、歩いて行く。

「やれやれ」

根本が笑って、「入りましょう。――君」

ついて来たウェイトレスに、「コーヒー二つ」

と、注文する。

「――何だろう、あの女性？」

と、中へ入ってソファに腰をおろすと、倉田は言った。

「専務の彼女ですよ」

と、根本が言った。

「彼女？――恋人ですか」

「ええ。この個室、何しろ手ごろですからね、ちょっとした密談には」

倉田は目を丸くして、

「じゃ、ここで……?」

「まさか轟社長も、こんな使われ方をするとは思っていなかったでしょうがね。オフィスラブのメッカですな、ここは」

「――驚いたな」

と、倉田は息をついた。

「部長も、ご用の節は――」

「とんでもない」

と、倉田は苦笑した。「ところで――根本さん、お話というのは?」

「ええ、実は、こんなことを申し上げるのは気がひけるんですけど」

「何でも言って下さい。ともかく、小学生みたいなもんですからね。社員にどう見られてるか、とか、気にはなるんですが、まあ、一日や二日で、評価してくれるものでもないですし」

倉田は正直にそう言った。

「しかし、私は腹を立ててるんです」

と、根本は言った。「お嬢さんから――いや、失礼、奥様から、何も頼まれなくても、黙ってはいられませんよ」

「社長や副社長のやり方です」

「何のことです?」

根本は珍しく不愉快さを顔に出している。「あなたを部長のポストに置いて、その実、何も実質的な権限は与えていない。これじゃ、ただの飾りですよ」

その点は、確かに倉田も感じていた。会議の席でも、倉田はいつも取り残されているという印象を拭えなかった。

「——しかし、しょうがないですよ。僕はいわばよそ者だ」

「しかし、轟さんの義理の息子さんだ。——普通なら、社長のポストを継いでも、おかしくない方ですよ」

「そう言っていただくだけでも嬉しいですね」

「このままじゃ、だめです!」

と、根本が力強く言った。「私も、奥様に顔向けできませんよ」

コーヒーが運ばれて来た。——二人は、少し沈黙して、コーヒーを味わった。

「旨いなあ、ここのコーヒーは」

と、倉田が言った。

「轟社長は、いつも一流の物を好んでおられました。ここのコーヒーも、豆を指定して仕入れていますからね」

「今の大川社長はケチですよ。ここもその内——」

「いや、私も心配してます。ともかく、トイレのペーパータオルはいらない、なんて言い出す人ですからね」

と、根本は苦笑した。「せっかく、外から新しい風を、と思っても、その倉田さんを今みたいに……。ともかく、何か手を打つ必要があります」

「といって——僕は、まだ——」

「新事業の開拓です」

「新事業？」

と、倉田が目を丸くする。

「そうです。その責任者になって、業績を上げれば、大川社長も、相応のポストにあなたをつけないわけにはいかなくなります」

「なるほど」

倉田は肯いた。「それは分ります。しかし、そう簡単には——」

根本は、背広の内ポケットから、分厚い書類を取り出して、テーブルに置いた。

「見て下さい」

「何です？」

倉田は、書類を出して、広げた。しばらく眺めている内に、頬に朱《しゅ》がさして来る。

「これは……駐車場の土地ですね」

「轟さんがひそかに進めておられた話です。先方の都合で、極秘になっていたんです」

「しかし――」

「話は、全部詰めてありました。向うは不安がっているはずです」

「すると、これを――」

「倉田さんが先方と交渉して、まとめて下さい。――重役連中はびっくりするでしょう」

「それはそうだ。――しかし、無断で？」

「事前に相談なんかなさったら、たちまち、自分の手柄にされてしまいますよ」

「なるほど」

「いいですか。相手に、あなたとでなきゃ交渉しない、という一札《いっさつ》を入れさせることです。たとえ途中で話が社長辺りの耳に入っても手が出せないように」

「――これは凄い！」

倉田とて、ビジネスの世界で何十年もやって来た。この仕事の価値ぐらいは、判断できる。

「いつか役に立つと思って、取っておいたんですよ」

と、根本は言った。「これを充分に活用できるのは、倉田さんしかいません」

倉田は、胸が熱くなるのを感じた。

「根本さん……。何てお礼を言ったらいいのか――」

「よして下さい」

と、根本は顔を赤らめて、「前社長のご恩をいくらかでも返せればと思って。それに、倉田さんがいいポストにつかれれば、こっちにも少しはいいことがあるかもしれませんしね」

「もちろんです。期待していて下さい」

根本が、ただ好意から、こんなことをしてくれたのなら、却って、倉田も不安になっただろう。

むしろ、見返りを期待するのが、当然というものである。

「じゃ、後はお任せします」

と、根本はコーヒーを飲み干して、言った。「その件は、総て、初めから倉田さんが進められたことです。いいですね」

「分りました」

「じゃ、私はこれで」

と、根本は立ち上って、「下で人と待ち合せているので」

と、個室を出て行った。

残った倉田は、コーヒーをゆっくりと飲みながら、改めて書類を見直した。

――欠点はない。

「よし……。これをきっかけにするんだ！」

思わず口に出して、言っていた。

コーヒーを飲み干すと、個室を出る。

こうなると、一刻も早く交渉相手と連絡を取りたい。

席へ戻るまでが、じりじりするほど、長くかかるように思えた……。

大沢は、何となく場違いな所にいるような気がして、つい周囲をキョロキョロ見回し、ショールームの女の子に変な目で見られてしまった。

――何の用だろう？

あの、根本という男に呼ばれて、ここへやって来たのだ。

社葬の時、倉田淳子は、大沢にはっきりと頭を下げてくれた。――根本という男から聞いて、大沢のことを思い出したのだろう。

しかし、何しろ凄い数の客で、とても大沢と言葉を交わす状況ではなかったのだ。

根本に、連絡先を訊かれて、教えておいたのだが、まあ、会葬のお礼が来るぐらいかな、と思っていた。そこへ突然、

「本社ビルへおいで下さい」

という電話だ。

一体何の用なのか……。

もちろんこっちは大いに暇をもて余しているのだ。来いと言われりゃ行くしかないのだが——。

「お待たせしました」

と、根本が声をかけて来た。

「や、どうも」

「こちらへ」

先日はどうも、といった挨拶抜きというのが、この根本という男にはよく似合う、と大沢は思った。

ショールームの一隅の椅子に、根本は大沢を案内した。

「喫茶店などへ行くと、必ず社の人間がいますのでね」

と、根本は言った。「目を避けたいときは、ここが一番の盲点です。自分の社のショールームを見に来る者はいませんから」

「なるほど」

大沢は笑って言った。「刑事にも通じる考え方ですね」

「率直に申し上げます」

と、根本は言った。「淳子様が、もし大沢さんが仕事を捜しておられるのなら、とおっしゃいまして。——いかがです。ここで働く気はおありですか」

大沢は面食《めんく》らった。

もちろん、万に一つ……という気はないでもなかった。しかし、こんなにうまく行くとは。

「もう何かお仕事を？」

「いやいや」

と、大沢はあわてて言った。「知人の所に居候《いそうろう》してましてね。早く見付けなきゃと思っていたんです。ありがたいですよ、そんな話は」

「それは良かった」

「で——どんな仕事を？」

「元刑事さんだから、というわけではないのですが、このビルは管理会社が警備も担当していて、当然、うちの子会社です。セキュリティのシステムは、外注ですが」

「警備ですか。それなら喜んで」

「時間的には楽な仕事ではないですよ」

「なに、どうせ独りですし」

「食事は中の食堂で取れます。もしご異存なければ」

「もちろんです。ただ……」

「何でしょう?」

「いや……。私が警察をやめた事情をご存知かな、と思って」

後で取り消されるのもいやだったのだ。

「もちろんです。全部調べさせていただきました」

根本は、事もなげに言った。大沢は肯いて、

「それなら結構です」

根本は、メモを大沢へ渡し、

「後の詳しいことは、その人と会って下さい。条件は決して悪くないはずです」

「いや、ありがたい。――社宅も使わせていただけるんですか」

「この近くにいていただかないとね。――それから、もう一つ」

「何です?」

根本は、チラッと周囲へ目をやると、声を低くした。

「大沢さん。――これからの話は秘密です。いいですか」

「ええ……」

「あなたに、もう一つ、副業をお願いしたい。その報酬は、正規の給料よりいいと思って下さい。お引き受けいただければ、の話ですがね」

「何です？」

「あなたに、スパイの役をお願いしたいのです」

根本の言葉に、大沢は目を丸くした。

9　侵入者

足早に、やっと父の家へ辿り着いて、淳子はホッと息をついた。

「もう十時だわ」

もちろん午前十時である。本当なら九時半には着きたかったのだが、団地を出るのが、つい遅くなった。

――このところ、週に二回、淳子はこのかつての我が家へ足を運んでいた。

父がいなくなったら、もうここは完全な空家になってしまう。夫とも話し合ったが、やはり、この家に家族で住もう、ということになったのだ。

すぐ、というわけにはいかない。学校のこともあるし……。

幸い、成美は来年から中学である。その変り目に越せば、そう影響もないだろう。美樹の方も、小学校へ上るのだし。

夫がもう海外へ行くこともなくなったので、淳子はこの広い家に移る気になったのだった。何といっても、母と二人の子供で過ごすには、広すぎる。

あの団地の住み心地も、決して悪くはなかった。便利さという点から言えば、ここより ずっと上だ。しかし、これだけの家と土地を放っておくこともできないし、手離したら、もう二度と手に入るまい。

それに——そう、夫も、いつか、〈轟倉庫〉の社長の座につくかもしれない。

そうなったら、やはり団地住いというわけにはいかないのだ。

玄関の鍵をあけて、入る。——いつもの通りだ。

淳子は、父の遺品の整理を、やっと終ったところだった。

社葬の後も、相続に関する用事や、夫の転職の件ですっかり時間を取られ、整理にかかれたのは、ずいぶんたってからだったのである。

しかし、それもやっと終って……。このところは、家の中の掃除と片付けに来ている。

それに、来年の春からここへ移るとして、子供の部屋、夫婦の寝室などは、改装、手入れが必要だった。そのアイデアをまとめるのも、淳子の今の仕事の一つだ。

しかし、父を亡くして、やや沈んだ気分だった何日間かを除けば、淳子は活き活きとしていた。

何といっても、夫が部長になり、そしてこの広い家に住むのだ。することはいくらでもあった。

淳子の日々は、これまでにないくらい、張りのあるものになっていたのである。

「——さて、と」

今日はどこを掃除しようか。

淳子は、台所で、ひとまずエプロンをして、水を出し、お湯を沸かすことにした。途中の休憩用に、コーヒーをいれておこう、というわけだ。

何もしない内に休憩じゃね。——自分でも笑ってしまう。

そして——ふと、淳子は眉を寄せた。

水を止める。——静かになった。

今の音は？　空耳かしら。いえ……でも、何か聞こえたような気がする。

淳子は、じっと耳を澄《す》ました。広い家だが、古いだけに、あちこちが少しきしんで音をたてる。

しかし——今日は風もないし、音をたてるようなことは……。

ギギ……。頭上の音に、ハッと息をのんだ。

誰かいる。——二階に。

しかし、玄関には鍵がかかっていたのだ。それなのに。

ギーッ、と、二階の床が鳴った。

間違いない。誰かが二階にいるのだ。

淳子は、ともかく、もう一度水を出し始めた。その方が油断すると思ったのだ。

誰だろう？——空巣《あきす》？

単なる空巣なら、このままそっと家を出て、外から一一〇番してもいい。

しかし、淳子としては、そこまで割り切ることはできなかった。

もし、上にいる誰かが、父の秘密を探《さぐ》りに来たのなら、警察に突き出すわけにはいかないのだ。——美樹が池に投げ込まれて以来、あんなことはもう起っていないが、油断はできない、と思っていた。

何かが起っている。——淳子はその不安を捨て切れなかったのだ。

あの北畑圭子という女が、同じ団地にいたこと、そして、大沢が現われたこと。一つ一つは偶然に過ぎないのかもしれないが、こうも重なることがあるのだろうか、と疑念を捨て切れずにいたのである。

そして——今、父の家に忍び込んだ誰か……。

一一〇番できない以上、自分で行くしかないのだ。淳子は心を決めた。

引出しを開けると、手ごろな大きさの包丁を取り出す。先が尖っているし、充分に砥《と》いである。

別に人を殺そうというわけじゃない。身を守るためなのだから、これで充分だ。

淳子は、台所を出た。——階段の上の方へ目をやって、様子をうかがう。

向うも、用心しているに違いない。まさか淳子がやって来るとは思っていなかっただろうから、かなり焦っているだろう。

もちろん、必要以上に相手を刺激して殺されては元も子もない。――しかし、淳子は、自分でも驚くほど、冷静だった。

手にした包丁の切っ先も震えていない。しっかりと柄を握りしめて、ゆっくりと階段を上って行った。

――妙なものだわ。こんなに度胸があったなんて……。

そう。認めたくはないが――やっぱり私は「人殺し」なのかもしれない。

かつて、人を殺しているのだ。こんな場に出会っても、びくともせずにいられるのは、そのせいかもしれない。

二階へ上ると、周囲の様子をうかがう。

静かで、人の気配はなかった。取り越し苦労だったのだろうか、という思いが、チラッと頭をよぎる。

しかし、そうでないことは分っていた。あの音は、誰かの体重が床にかかった音に違いなかった。

どこに隠れているのだろう？　向うは私が上って来たことに気付いているかしら？

広すぎるのだ。一つ一つの部屋を見て歩く内に、相手は逃げてしまうかもしれない。

しかし、何といっても、一番気がかりなのは父の部屋である。淳子が、遺品はちゃんと整理して、片付いているとはいうものの……。

もし、誰かが父のことを調べているのだとしたら、やはり父の部屋を捜すだろう。

父も、淳子が結婚してここを出てからは、寝室を書斎にもして、ほとんどそこで過していたのだ。

淳子が調べた限りでは、父は十五年前の事件に係るようなことは、何一つ書き残していなかった。

――父の部屋だ。

淳子はそう決めて、廊下を進んで行った。

古い家だけに、普通に歩くだけでも、床は多少きしんでしまう。

父の部屋のドアが、細く開いている。――やはりこの中にいるのだろうか？

淳子は、ドアから二、三歩手前で、

「誰かいるの？」

と、声をかけた。「いるのなら出て来なさい」

声は落ち着いてしっかりしていた。

反応はなかった。淳子は、いつまでもこうしていられない、と思い切って、ドアを押した。ドアが開いて、壁にガタン、と当る。ドアの陰には隠れていない。

父の部屋へ入って、淳子は、思わず息をのんだ。

淳子が整理し、片付けておいた机の引出しなどが、全部床の上に引き出され、引っかき回されている。

それだけではない。父が寛《くつろ》ぐのに置かれていた古いソファも、布が切り裂《さ》かれ、中を探《さぐ》られていた。

これはただの泥棒ではない。何か目的があって侵入したのだ。

淳子は、扉の開いた洋服ダンスの方へと歩いて行った。もちろん、父の服も放り出してあるのだが……。

洋服ダンスが、動かされている。

壁にピタリと寄せてあったのが、一方の端《はし》を、ぐっと前に引張り出してあるのだ。

もちろん、壁との隙間は、人が入れるほど大きくない。しかし、なぜ、こんなことをしたのだろう？

淳子が、そっとその狭い隙間を覗き込んでみると、何か白い物が見えた。薄い、ノートのような物だ。

突然、部屋のドアがバタンと音をたてて閉じた。

ハッと振り向く。ドアの外に、タタタ、と足音が。

淳子はドアへと駆け寄った。ドアを開けて、階段へと走る。

「誰なの！　待って！」

足音は、玄関へと走っていた。姿は目に入らない。

淳子が階段を駆け下りて、玄関へ駆けつけた時、もうその誰かは、外の通りへと姿を消してしまっていた。

淳子は、諦め切れずに、道へ出てみた。

もともと人通りの多い道ではないが、今は、人っ子一人見えなかった。

「逃げたんだわ……」

淳子は、肩で息をしながら、呟いた。

手に包丁を持って、道の真中に突っ立っている自分に気付いて、あわてて包丁を背中へ隠す。人に見られたら、どう思われるか。

――すっかり汗をかいて、台所で少し休んだ。

しかし――誰だったのだろう？

奇妙なことだ。十五年という、殺人の時効が過ぎ、父が死んだ今となって、誰かが、その過去を掘り返そうとしている……。

「そうだわ。さっきの――」

淳子は、急いで二階の父の部屋へ戻ると、洋服ダンスの裏に見えていた白いノートのような物を取り出してみた。

便箋である。――そう汚れていないところを見ると、ずっとそこにあったわけではなさそうだ。

埃を払い、父の椅子に、取りあえず腰をおろした。――この部屋を片付けることを考えただけでもうんざりする。

そう。玄関の鍵を、つけかえなくてはならない。――ここへ越して来る時には、警報の鳴る、セキュリティシステムを考えておかなくては。

便箋の間から、一通の手紙が落ちた。

ごくありふれた封筒で、宛名は父になっている。差出人は、山崎安代。――聞いた覚えのない名である。

手紙を出して広げた淳子は、細くて几帳面な印象の字を、読んで行った……。

――電話が鳴っているのに、しばらく気付かなかった。

淳子はハッとして、父の部屋を急いで出ると、階段を駆け下りて行った。

幸い、電話は、まだ鳴り続けている。

「――はい」

「お嬢さんですか。根本です」

「あ、どうも。――よく分ったわね」

「もしかして、と思ったんです。さっき大沢という人に話をしました」

「ありがとう。で、何か――」

「喜んで働かせていただきます、とのことでした」

「良かったわ。じゃ、一応落ちつくまで、よろしくね」

「お任せ下さい。そういう仕事の方が得意だから、と喜んでいるようでした」

「ありがとう。それから根本さん」

「何か？」

「ここの家に、空巣が入ったの」

「何ですって？　大丈夫ですか、お嬢さん」

「ええ、別に……。ただ、玄関の鍵とか、取り替えた方がいいと思うのよ」

「もちろんです。警察には？」

「何も盗《と》られてないし、連絡の必要はないと思うわ」

「分りました」

と、根本は言った。「今日、帰りにお寄りします。鍵も今日中に替えさせますよ。新しい鍵は、明日でも、ご主人にお渡ししておきましょう」

根本は、いつも具体的に細かい点をはっきりさせてくれる。淳子にとってはありがたい存在だった。

「じゃ、いつもお願いばかりで悪いけど」

「とんでもない。玄関の鍵だけでよろしいですか」

「今のところは充分だと思うわ」

——淳子は、電話を切ってから、手にした山崎安代という女からの手紙を、じっと見つめた。

これは、根本に頼むわけにはいかない。——淳子自身が、何とかしなくてはならないことだった。

「お父さんたら……」

——父に愛人がいた。

それ自体は、そう意外なことでもなかったが……。いや、やはり意外には違いない。

父が、それを淳子に打ちあけなかったというのが、少し妙な気がしたのである。

もちろん、この手紙が事実だとすれば、だが。——山崎安代というその女は、「私たちの娘」が、小学校へ入るので、ぜひ認知してほしい、と手紙に書いて来ていたのだ。

10 惨事

成美は、何だか一日中、落ちつかなかった。

いつも、そう静かにおとなしくしているタイプじゃないのは確かだけれど、今日は特別だった。

「——倉田さん」

と、先生に、注意された。「何をぼんやりしてるの」

「すみません」

成美は素直に謝った。

でも、成美は割合先生には好かれている。妙にひねこびたりしていないからだろう。

だから、先生の方も、そう本気で叱っているわけではなく、

「気分でも悪いの?」

と、わざわざ訊いてくれたくらいである。

「大丈夫です」

と、成美は答えて、椅子に座り直した。

それにしても——何だろう？

この、変にもやもやした気分は？

大人なら、「胸さわぎ」とでも呼ぶところだろうが、成美はそんな言葉、知らなかったのだ。

ともかく、お昼休みに、成美は給食を食べてしまうと、校庭に出て、ぼんやりと木にもたれて立っていた。

「何してんだ？」

と、声がした。

振り向くと、同じクラスの男の子で——体が大きいので、もう中学生に見えた——古川《ふるかわ》達也《たつや》という子だった。成美とは割に仲がいい。

成美がやたらと元気で、男の子みたいなせいかもしれないが。

「達也か」

と、成美が言った。「何でもないよ」

「先生にも注意されてたじゃないか」

「うん」

「何か気になってんのか」

「分んない」

と、成美は肩をすくめた。

肩をすくめる、ってしぐさを、成美は、いつか見た外国の映画で憶えたのだった。

「女って、分んねえな」

と、達也が言った。

「何か起りそうで……心配なの」

「何が？」

「分んないから、心配なんじゃない」

「分んねえ奴」

と、達也は言った。

そう。成美にもよく分らない。何が一体起ろうとしているのか。

でも――雲が、陽を隠して広がるように、自分の上に影がさして来たことを、何となく成美は感じていたのだ。

「達也」

「何だよ」

「人を殺したら……どうなんのかな」

「お前、誰か殺したのか」

「殺すわけないでしょ。もしも、の話」

「そりゃ——刑務所に行くんだ」

「ずっと？」

「死ぬまでとか……。何十年とか、って。死刑になることだって、あるんだぜ」

「死刑か……。どんな風にやるの？」

「首吊《つ》るんじゃねえの。よく知らないけどな」

「苦しいのかなあ」

「そうだろ。俺、吊られたことないから、分んねえけど」

　達也は不思議そうに、「何だ、変なことばっかし言って」

「うん……。別に」

——お母さんは本当に「人殺し」なのかしら？

もし——もし、本当に人殺しで、お母さんが捕まったら……。

　私も美樹も、どうなるんだろう。

「お前、本当にどうかしてるぜ」

　と、達也が呆れたように言った。

「うん。——どうかしてる」

　と、成美もその点は認めたのだった。

「ドッジボールでもやろうぜ。動いた方がスカッとするよ」

そんな気分じゃない。――でも、そうかもしれないな、と成美は思い直した。

「やろう！」

「よし、みんな引張って来る」

達也が駆け出して行く。

「私、ボールを取って来る」

と、成美は、体育館へ向って、駆け出していた。

体育館の扉を開けて中へ入ると、ちょうど体育の先生が、出て来るところだった。

「おい、倉田、何だ？」

「ドッジボール」

「そうか。新しい白いボールがあるぞ」

「使っていい？」

「ああ。固めだから、つき指するかもしれないぞ」

「うん！」

「道具室の奥の棚だ！」

先生の声は、駆け出した成美の背中に向って飛んだ。

成美は、空っぽの体育館を横切って、奥の道具室へと急いだ。――体育は、成美の数少ない（?）得意課目である。

道具室にも年中来ていた。扉をヨイショ、と開けると……。跳び箱のマットだのが、一杯詰っている。

「奥の棚……」

成美はピョンと跳び箱をとび越えて、奥へ入って行った。

「これだ」

ボール紙の箱に、〈白ボール〉とかいてある。

踏《ふ》み台にのって、その箱をおろす。中には真新しい、白いボールが入っていた。革の匂《にお》いがプンとする。

早く持って行こう。

ボールを出して下へ置き、箱を棚へ戻すと、成美は、踏み台から――。

突然、踏み台が倒れた。

「アッ!」

と、声を上げて、成美は転がり落ちていた。

どうしたのか、よく分らない。床に倒れて、頭を打ったが、そうひどく痛みはなかった。

起き上ろうとした時、誰かが、成美の上にのしかかった。

うつ伏せになっている成美には、相手のことが全く見えなかった。声を上げる間もなく、その誰かの手が、成美の首にかかった。

成美は、首を絞《し》められているのだということに、初めて気付いた。——これは夢？ 苦しい！——お母さん！

息ができない。目の前が暗くなってしまうようだった。

指がぐんぐん成美の首へ食い込んで来た。

成美はもがいた。手が、何かに触れた。

粉みたいなものだ。粉。——鉄棒の時に使う滑り止めの白い粉だ。

成美はギュッと粉をつかむと、上にいる誰かの方へ、めちゃくちゃに投げつけた。

白い粉が、自分の上にも降って来る。

「アッ！」

と、誰かが声を上げた。

目に入ったのかもしれない。首を絞めていた手が、離れた。

やった！ こん畜生《ちくしょう》！ この野郎！

成美は、両手で粉をつかんで——いや、もう、つかむなんてものじゃなく、めちゃくちゃにはね上げてやった。

突然、体が軽くなった。ドタドタと足音がして、誰かが道具室から出て行く。

成美は、ハアハア息をした。でも、辺り一面、白い粉が漂っていて、粉を吸って、むせ返る。

ともかく――助かったんだ！

急に力が抜けて、成美は、マットレスの上に倒れてしまった。

――あんまり遅いので見に来た達也は、成美が、何だか知らないけど頭から真白になって、新しいボールをしっかりと抱きかかえ、マットレスの上に座り込んでいるのを見て、目を丸くしたのだった……。


「美貴ちゃん」

と、大津弥生は、大声で呼んだ。「もうお帰りよ」

「はあい」

美貴が、手を振って応《こた》える。

「――美樹ちゃんって」

と、鈴木久代が駆けて来た。「倉田美樹ちゃん？」

「ううん。うちのクラスの美貴ちゃん」

と、大津弥生は笑って言った。

「ああ、そう」

久代は息をついた。「あの美樹ちゃんは、確か芝生にいたと思ったから」

「神経使うわね」

「本当。――でも、あんなことが二度とあっちゃ困るもの」

「そうね。――でもこの公園は池もないし」

鈴木久代は肯いた。

「見通しがきくからね。この方が安全だわ。でも……危険防止が第一なんて、寂しい話よね」

倉田美樹が池に落ちてから、東公園は、屋外保育に使っていなかった。

その点、この団地の中は方々に公園があって、いくらでも代りはある。

この公園は少し幼稚園から遠いが、広いし、グラウンドや芝生が沢山あって、のびのびと駆け回るには向いていた。

「じゃ、あと十分ね」

と、久代は言った。

「うん。集合は、日時計の前ね」

花壇の真中に、日時計がある広場だ。

「今日はいいわ、本当に、風もないし」

久代は、伸《の》びをしながら、自分のクラスの子供たちの方へと歩いて行った。

大津弥生は、少しのんびりと空を仰《あお》いだ。――若いので、この仕事もそう苦にはならない。

でも、あまり長くはできなかった。何といっても恋人が、早く結婚したいと言っているし、勤めの関係で、転勤も多くなるからだった。――あと一年ぐらいかしら、続けられても。

「先生！」

と、女の子が一人、走って来た。「ケンちゃんが転んだ！」

「はいはい。けがした？」

「膝から血が出てるよ」

「あら、大変だ」

と、大津弥生は駆け出した。

男の子で、体の大きい割には気が弱いその「ケンちゃん」は、膝をちょっとすりむいただけなのに、ワーワー泣いていた。

今の子って、けがしたり、痛い思いをするってことがないのよね、と大津弥生は苦笑した。

「はい、大丈夫。お水で傷を洗わないとね。――ちゃんとテープを貼ってあげるからね」

いくら言ったって、聞きやしないのである。

あんまり放っておくと、母親に苦情を持ち込まれることもある。特にこの子の母親は口やかましいのだ。

「じゃ、ほら、先生がおんぶしてあげるから。——みんなついて来て！」

重いのよね、本当に！

小柄なだけに、弥生は、身は軽いが、力はあまりない。

フウフウいいながら、「ケンちゃん」をおんぶして行くと、気付いた久代が飛んで来た。

「——あらあら、甘えん坊ね。ほら、ちゃんと歩けるでしょ！」

と、久代はまだ泣きべそをかいている「ケンちゃん」の手を引いて、「やるからいいわよ」

と、弥生に肯いて見せた。

「サンキュー。お願い」

弥生は手を合せた。汗でびっしょりだ。

「はい、みんな、手を洗って！」

「先生」

「なあに？」

「美貴ちゃん、いない」

「美貴ちゃん？——あら、本当だ」

さっき、声をかけたのに。弥生は、

「じゃ、みんなほら、手を洗って、お花の所にね」

と、いっておいて、急いで遊んでいた場所へと戻って行った。

「美貴ちゃん！——美貴ちゃん」

どこにいるといっても……。隠れるような所もないのだ。

野球のグラウンドがあって、一応、ちゃんとネットもあり、日曜日には、少年野球でにぎやかである。

見渡していると——そのネットの裏から、女性が一人、足早に立ち去って行った。

半ば背を向けていたので、顔は見えなかったが、何だか逃げて行くかのようで……。

妙な気がした。

それに、ネット裏から出て来たというのも変だ。あんな所、誰も通るわけがないのに。

でも、そんなこと、どうでもいいんだ。美貴ちゃんを捜さないと……。

「美貴ちゃん！——どこなの！」

弥生は、歩いて行った。あのネットの裏側にでも隠れてるのかしら。

あの子は時々、そんなことをやって、大人をからかったりするのだから。

ネットの裏側へ入って、弥生は、見付けた……。

——鈴木久代は、子供たちを並ばせて、大津弥生の戻るのを待っていた。

別に心配していたわけではない。他のクラスだって、まだ全員揃わなくてオタオタしていたのだから。

「——先生」

と、手を取られて、振り向くと、倉田美樹である。

「なに?」

「これ、あげる」

美樹がさし出したのは、マッチの箱に、人の顔をかいた「お人形」だった。

「あら、可愛い。美樹ちゃんが作ったの? 上手ねえ!」

「これ、先生」

と、美樹は、恥ずかしそうにしながら、言った。

「へえ! 先生、こんなに美人だったかなあ。ありがとう。じゃ、大事に持って帰るね」

「うん」

美樹は、嬉しそうに肯いた。そして、ふと久代の後ろの方へ目をやって、

「弥生先生だ」

と、言った。

「戻って来た?」

振り向いた久代は、弥生が、ぐったりした美貴の体をかかえて、放心したように歩いて来るのを見た。

顔から血の気がひく。

「——美貴ちゃん、お池に落ちたのかな」

と、美樹が言った。

久代は、弥生の方へと夢中で駆け出していた……。

11　家事見習い

「いや、ホッとしました」

と、その交渉相手の地主は、自分の方から手をさしのべた。

「こちらこそ、長い間、連絡も取らず、申し訳ありません」

倉田は、その手を固く握った。

「いやいや。轟さんが亡くなったんで、もういっそ話をなかったことにしてもらおうかと思ったりしてね。何しろ、私は、あの大川って副社長さんが、申し訳ないけど嫌いでしてね」

「今の社長ですね」

と、倉田は思わず微笑みながら言った。

「そうそう。しかし、おたくが轟さんの息子さんってことなら、安心だ。――ま、うまくやって、社長になって下さい」

「恐れ入ります」

と、倉田は言って立ち上った。「どうも突然お邪魔をして――」

「今度一杯やりましょう」

相手はえらく上機嫌だった。

小さなビルを出た倉田は、思わずギュッと拳《こぶし》を握りしめて、

「よし！」

と、言っていた。「これが第一歩だ」

「失礼します」

と、ビルから、追いかけるように、若い女性が出て来た。

「はあ」

「倉田さんですね」

「ええ」

「あの――これをお忘れじゃないか、って」

ライターである。

「や、こりゃすみません！」

倉田は赤面した。気がせいていたのを、もろに見せてしまったようなものだ。

「父が車でお送りするように、と」

「お父さん？　じゃ、こちらの――」

「娘です。栗山由紀《くりやまゆき》といいます」

二十歳《はたち》そこそこだろう。いかにも爽やかな若々しさの匂うような娘だった。

「タクシーで帰りますから」

「いえ、父がぜひ、と……。すぐ車を回して来ます。ここでお待ちになって」

断る間もなく、その栗山由紀という女性は、駐車場の方へ駆けて行ってしまった。

待つほどもなく、豪華なベンツが駐車場から出て来て、倉田はびっくりした。

ビルも小さくて古いし、栗山という当人も、何だかうだつの上らないタイプで、そんな金持には見えない。

しかし、実際には、大企業の雇われ社長より、こういう中小企業のオーナーの方が、金を持っているのである。

「どうぞ」

と、娘に声をかけられて、倉田は断るわけにも行かず、助手席に乗り込んだ。

「──会社まででよろしいんですか」

と、栗山由紀は言った。

「ええ。──できれば、会社の少し手前で降ろして下さい」

「手前で？」

「ええ。できるだけ車を使わずに歩く、と部下に言っている手前ね」

「まあ」

と、栗山由紀は笑った。「――大変ですね、部長さんなんて」

ハンドル捌《さば》きは、巧《たく》みだった。倉田も、運転は好きだが、その倉田が感心してしまうほどの腕である。

「外から急に入った部長でね。右も左も分りません」

と、倉田は言った。

「あら、でも、父がとても惚《ほ》れ込んだみたいですよ」

「それは恐縮ですね」

と、倉田は言った。「――大学生ですか」

「家事見習い、です」

と、由紀は言って、いたずらっぽく笑った。

「大学へやるのが心配らしくて、父は」

「心配って？」

「悪い男に引っかかる、って」

「なるほど」

「相手の方が、悪い女に引っかかった、って思うかもしれません」

「そんなことは――」

「だって、父はてっきり信じ込んでるんですもの」

「何をです？」

「私がまだ清らかな乙女だって」

「はあ……」

「高校一年の時以来、ボーイフレンドは絶やしたことないんですけどね」

倉田は、すっかり呆気に取られてしまって、由紀という娘を眺めていた。

確かに男の気持をひきつけるような、コケティッシュな魅力のある娘だ。——スカートからスラリとのびた足は、テニスか何かだろう、陽焼けして、若々しい弾力を感じさせた。

「——倉田さん、お急ぎ？」

と、由紀が言った。

「特に急ぎませんが……。どうして？」

「じゃ、どこかホテルに寄りません？」

倉田は、ギョッとした。

「——冗談にしては、生々しいな」

と、ぎこちなく笑う。

「あら、本気ですけど」

「今、会ったばかりですよ」

「私、あなたが父の所へいらした時から、目をつけてたんです」

「せいぜい一時間前だ」

「初恋の人とよく似てるんですもの。倉田さんって」

「僕が？」

「ええ。――ご迷惑かしら。しつこくつきまとったりしませんから」

「しかしですね――」

倉田は汗をかいていた。すると、ピーッと倉田のポケットベルが鳴り出したのだ。

「どうぞこの電話を」

と、由紀が車内の電話を指さした。

「それじゃ――」

ホッとして、倉田は社へ電話を入れた。

「――根本です」

「やあ。今、全部、話がついて、うまく行きましたよ。おかげで――」

「倉田さん」

と、根本が言った。「すぐお宅へお帰り下さい」

「え？」

「上のお嬢さんが、誰かに殺されかけたそうです」

「成美が！」

「無事です。お元気ですから、ご心配なく。しかし、すぐに――」

「分りました」

「私も、今日帰りにお寄りします」

「よろしく……」

倉田は、受話器を戻して、深く息をついた。

「どうしたの？」

と、由紀が訊いた。

「娘が――事故にあったらしいんです。どこか、駅の近くで停《と》めていただけませんか」

と、倉田は言った。

「まあ。お宅はニュータウンでしたね」

「ええ。どうしてそれを――」

「さっき父とお話になってたでしょ」

と、由紀は言って、「ここからならすぐ高速へ入れるわ。お送りします」

「しかし――」

「ご心配なく。どうせ時間はあるんですから」

と、由紀は言って、ぐんとアクセルを踏み込んだ。

倉田は、座席にギュッと体を押しつけられて、いつしか書類の封筒を大事にかかえ込んでいた……。

成美は、何だか凄く大きな車が、目をみはるようなスピードで走って来たと思うと、目の前にスーッと停るのを、目を丸くして見ていた。

もっとびっくりしたのは、その車から、パパが降りて来て、公園で遊んでいる成美の方へと駆けて来たことだった。

「成美！　大丈夫なのか？」

「うん。首の周り、ちょっとけがしたけど」

首に白い包帯を巻いているので、何だか喉でも痛くしてるみたいだった。

「ともかく良かった」

と、パパは、成美の顔を軽く叩いて、「ママは？」

「幼稚園」

「そうか」

「何かあったみたい」

「何かって？」

「分んないけど……。この辺の人たちが沢山駆けてったよ、幼稚園に」

「何だろう？」

成美は黙って首を振った。

車から降りて来たのは、若い女の人で、家庭教師の高品先生より、もっと若い。

「――こちら、お嬢さんですか。こんにちは。私、由紀」

「倉田成美です」

「へえ、お利口ね。首、どうしたの？」

「誰かに絞め殺されるとこだったの」

「ええ？」

「本当だよ」

成美は、白い粉をぶつけて、相手を撃退したことを、できるだけ自慢してると聞こえないように説明した。

「えらい！」

と、由紀というおねえさんは、力強く言った。

「そんな奴、けっとばして、ふんづけてやりゃよかったね」

「でも、賞められたよ」

「そりゃそうよ。世の中、変なのがいるからね、本当に」

何だか面白いおねえさんだな、と成美は思った。

「しかし、学校の中で、そんなことがあるとは……」

パパは渋い顔をしている。

「もしかしたら先生が怪しいかも」

「まさか！」

「あら、分りませんよ」

「私――」

と、成美が言った。「美樹の方が心配だ」

「美樹が？」

「うん……。何となく……」

「美樹ちゃんって？」

「妹です」

「この前もね、誰かに、池に投げ込まれて」

「まあ」

「成美、あんまりしゃべるんじゃない」

「うん」

成美は、遊園地の小さな鉄棒で遊び始めた。

「――本当なんですか」

と、由紀が言った。

「まあね」

「偶然かしら」

「恨まれる覚えはないんですが」

「でも、勝手に逆恨みしたりする人もいますもの」

「それはそうです」

倉田は肯いて、「――すみませんでしたね、こんな遠くまで」

「いいえ」

由紀は、首を振って、「またその内――」

「ええ。――戻って来たな」

成美は、ママが美樹の手を引いて来るのを見て、ホッとした。

「あなた！　早かったのね」

「こちらに送っていただいたんだ」

「大変なの。――女の子が殺されて」

「何だって？」

「ともかく、中で……」

「うん。――じゃ、ここで」

「ええ。お気を付けて」

由紀はピョコンと頭を下げると、車で走り去った。

「――大きな自動車」

と、美樹が言った。

「何事だ、一体？」

ママは無言だった。

――家へ帰るまで、ママは何も言わなかった。

成美とパパを居間へ座らせると、ママは美樹に台所でおやつをやって、戻って来た。

「――他のクラスの子が、首を絞められて殺されたの」

「首を絞められて？」

「ええ。――宮永《みやなが》美貴ちゃん」

「みきだって？」

「字は違うけど……。偶然とは思えないわ」

「成美と同じ奴だというのか」

「だって……。同じ日にそんなことが二つも起る？」

「じゃ、うちの美樹と間違えられたのか」

「そうでないことを祈るわ」

ママは、顔を両手で覆って、呟くように言った……。

12 招待

「部長」

根本に声をかけられて、倉田はふと我に返った。

「やあ。失礼。——ちょっと考えごとをしていてね」

と、倉田は言った。「何か用ですか」

「ご心配は当然です」

と、根本は言った。「何か分りましたか、お嬢さんのこと」

成美が学校で殺されかけたことを言っているのだ。倉田は首を振って、

「今のところ、何も」

と、言った。「一応、変質者の犯行、とか警察では見ているようですがね」

「漠然としてますね。要するに、何も分っていないのと同じだ」

「全く」

倉田は、肯いた。

——同じ日、美樹の通う幼稚園で、宮永美貴という子が殺された。

これと、成美の事件を結びつけて考える人間は、あまりいないようだ。しかし、果して偶然かどうか……。

そっちの事件も、今、警察が必死で目撃者を捜していたが、もう四日たつ。有力な証言の出る可能性は、あまり期待できなかった。

「——家内が、充分に気を付けるようにしていますがね」

と、倉田は言った。

「早く犯人が捕まるといいですね」

根本はそう言って、「ああ、それから、今社長の所に客が——」

「来客？」

と、倉田が訊き返したとたん、デスクの電話が鳴った。「——倉田です。——分りました」

倉田は、立ち上ると、

「社長室へ来い、と。——何の用かな」

「きっとその来客の件でしょう」

根本は何となく愉《たの》しげに言った。

倉田は社長室のドアをノックして、中へ入った。

社長の大川、そして専務の三宅が、何だかいやに渋い顔で座っている。そしてもう一人――。

「やあ、こりゃどうも！」

と、立ち上ったのは、栗山だった。

「栗山さん。先日は――」

「いや、色々ありがとう」

栗山は、歩いて来て、倉田と固く握手をした。

「はあ」

一瞬、倉田は、栗山が社長や専務に、例の話を持ち込んだのかと疑ったが、それなら、大川も三宅も、こんなに苦虫をかみつぶしたような顔をしているわけがない。

「倉田さん」

と、大川が言った。「今、栗山さんにおいでいただいて話をうかがってたんですがね」

「はあ」

倉田は椅子にかけた。

「駐車場の土地の件、もう倉田さんと話を進めておられるとうかがって、びっくりしていたんです」

大川は不愉快な表情を隠そうともしなかった。

「そうですか」

「社長に黙って、そういう話を進めるというのは、どんなものですかね」

と、三宅が言った。

「話が確定したら、お話するつもりでした。部長として、その程度の権限は認めていただけると思いますが」

「認めないというつもりはありませんがね……」

と、大川は息をついた。

「社長さんはもっと大きい仕事でお忙しいでしょうからね」

と、栗山が言った。「それに、私はこの倉田さんとは、妙に気が合うんですわ。ま、今後とも、長くお付合いさせていただきたいと思っとります」

「それはもう、こちらからお願いしたいことで」

と、大川は頭を下げた。

「ただ、倉田さんはこの会社にまだ短いし、一人でこういう交渉をまとめられるのは、どんなものですかね」

と、三宅が言った。

「いや、この程度のことなら、できます」

と、倉田はあっさりと言った。「先日、上の喫茶でお会いした時でも、お分りでしょうが」

　三宅が顔を真赤にした。

　上の喫茶コーナーの個室で、仕事時間中に、愛人と会っていたのだ。

「まあ、いいでしょう」

　と、大川が言った。「しかし、やり過ぎると、足下が危くなることもある」

「いや、その心配はないでしょう」

　と、倉田は言った。「何しろ、私の足下には、もともと何もないんですから」

　大川は、ジロッと倉田を見て、

「もう、戻って結構」

　と、言った。

「それじゃ、私もこれで」

　と、栗山が立ち上った。「後のことは、この倉田さんと相談して進めさせてもらいますよ。構わんでしょうな」

　大川としても、だめとは言えない。

「もちろんです」

　表面は、何とか笑顔を保って、言った。

　——社長室を栗山と一緒に出ると、倉田は、

「いや、ありがとうございました」

と、頭を下げた。

「とんでもない。どうせ商売をやるのなら、気持よくやりたいですからな」

と、栗山は言った。「ああ、送っていただくには及びませんよ」

「いや、そういうわけにはいきません」

倉田は、エレベーターの所まで一緒に行った。

「じゃ、ここで」

「どうも――」

「そうそう」

栗山は、エレベーターに乗って、ふと思い出したように、「娘がよろしくと申してました」

と、言った。

エレベーターの扉が閉る。

倉田は、栗山由紀の、あの明るい笑顔を思い出して、ふと微笑んでいた。

淳子は時計を見た。

まだ大丈夫。美樹を迎えに行くには早い。

このところ、日に何度も時計を見るようになっていた。

もちろん、成美と美樹の事件があったせいである。――毎日、家からできるだけ出ないようにしている。

そうしたからといって、成美や美樹に四六時中ついていられるわけではないのだから、絶対に安全というわけにはいかないことは、淳子もよく承知している。

それでも、こうして家にいて、いつでも何かあれば飛び出せるようにしておくことで、いくらかは自分の良心をしずめていたのかもしれない。――もちろん「何か」起ってからでは遅いのだが。

電話が鳴る度、玄関のチャイムが鳴る度に、淳子はドキッとする。学校の先生も、幼稚園でも、充分に神経を尖らして、用心しているのだから、まず間違いはあるまい。

むしろ、危いとすれば、この緊張が、今度緩んだ時かもしれない……。

コトン、と玄関の方で音がした。

「――はい?」

淳子は立って行って、「どなた?」

と、声をかけた。

返事はない。でも、確かに、何か音がしたのに……。

玄関のドアの郵便受に、何か白いものが見えた。――郵便?

出してみると、白い角封筒で、ちょうど結婚式の招待状のように、少し厚手の紙の封筒だった。

あて名が、毛筆なのも、そんな感じだが。——しかし、結婚式の招待のはずはない。

裏に、差出人の名がなかったからだ。

表をもう一度見直して、淳子は、隅の方に赤く、〈ご招待〉と印字してあるのに気付いた。

してみると、やはり何かの招待なのだ。

淳子は、居間へ戻りながら、封を切ってみた。中から、厚手のハガキ大の案内状。

淳子が足を止め、手から封筒が落ちた。

淳子の手には、印刷された、案内状だけが残った。

〈沼原昭子　個展　ご案内〉

と、大きな文字が淳子の目をとらえて放さなかった。

その文面に目が行ったのは、しばらくしてからだった……。

〈——将来を嘱望《しよくぼう》される才能だった沼原昭子さんが、若くして亡くなり、早くも十五年が過ぎようとしています。

この度、沼原昭子さんの作品を集めて、彼女の思い出を新たにしようと、有志がこの個展を企画いたしました。

ご多忙中とは存じますが――〉

発案者の名はない。文面の終りは、ただ、〈有志一同〉で終っている。

奇妙な招待状だ。

会場は、淳子も知っている、小さな、しかしなかなかいい場所にある画廊である。日時は――明日から、三日間。

三日間というのは短いが、そういう個展もないわけではない。何といっても、画廊を借りるのにお金もかかるからだ。

しかし――誰が？　誰がこんなものを企画したのだろう？

そして、なぜ淳子の所へ招待状を送って来たのか。しかも、この住所を知っているのだ……。

三日間、朝十時から、夕方五時まで。

「放っておけばいいわ」

と、淳子は呟いた。「こんなもの、私に関係ない！」

しかし、淳子は、封筒を拾い上げると、きちんと招待状をしまって、引出しに入れた。

行かない方がいい。

淳子の直感はそう告げている。しかし、同時に、淳子は、自分が行くだろうと知っていた。

誰が会場にいるのか、それをぜひ知りたいのだ。——好奇心もあり、そして一連の事件に、これも何か関係があるのではないかと思ったからである……。

だが、妙だ。

沼原昭子の絵の主なものは、中路の手で売り捌《さば》かれていて、そう残ってはいないはずなのだ。個展を開くといっても、どんなものがあるだろうか?

淳子は、考え込んだ。

——電話が鳴り出した時、淳子は飛び上るほどびっくりした。

「はい、倉田です」

胸がドキドキする。また、もしや成美か美樹に何か——。

「ああ、僕だ」

「あなた!」

淳子は息をついた。

「何だ、どうかしたのか」

「そうじゃないの。電話がかかる度にハラハラしてて……」

と、倉田は言った。

「そうだな。悪かった」

「いいのよ。何か用?」

「今夜、ちょっと客に呼ばれてね、少し遅くなるかもしれない」

「そう。じゃ夕ご飯はいらないのね」

「うん」

「分ったわ」

淳子は、ちょっと微笑して、「できるだけ早く帰って来てね」

と、言った。

「分ってるよ」

「じゃ――」

淳子は電話を切った。

もし、淳子が、あの奇妙な招待状のことで頭が一杯でなかったら、夫の話し方に、どこかいつもと違う、ぎこちなさを聞き取っていただろう……。

13　打ち明け話

「気にしないでね」

と言われても……。

倉田は戸惑っていた。

栗山由紀は一人でさっさとベッドから出ると、シャワーを浴びている。

——栗山が帰ってから、少しして由紀から会社へ電話がかかって、

「お祝いしましょう」

と、言い出したのだ。

もちろん、もしかしたら、と思わぬではなかった倉田だが、それにしても……。

倍も年齢《とし》の行っている倉田と、こうも簡単にホテルに入られては、年上の倉田の方が、却ってどぎまぎしてしまう。

「——いい気持！」

と、由紀は、バスタオルを体に巻きつけてバスルームから出て来た。

「ちっとも疲れてないようだね」

「だって、私、こういうことの後は凄く元気が出るの」

と、由紀は言った。「それに、お腹も空くし。何か食べるもの、取りましょうよ」

「いや、僕はいいよ」

「だって、食べて帰る、って言ったんでしょ、奥さんに」

「そうか……。忘れてた」

「しっかりして！」

由紀は、ルームサービスのメニューを眺めた。「何にしようかなあ……」

バスタオル一つの格好で、ベッドに仰向けに引っくり返り、メニューを眺めている姿は、まるで少女のようだ。

「何だか……気が咎めるよ」

と、倉田は言った。

「どうして？」

「君はまだ二十歳で——」

「いいじゃない。これっきり、と思ってれば」

由紀は笑って、そう言った。

これっきり？——これっきりですむだろうか。

倉田は、ひそかに、不安を覚えていた。

——由紀はルームサービスを電話で頼むと、

「あなたもシャワー、浴びてらっしゃいよ」

と、言った。

「うん……」

正直なところ、倉田もそう若くはないのである。

こんな若い娘を相手にした後は、しばらく休まないと動けない。

やっとベッドを出て、シャワーを浴び、さっぱりして戻ると、由紀は服を着て、TVを見ていた。

「泊ってく？」

と、由紀が訊く。

「いや、それはちょっとね」

「じゃ、私、一人で泊ろう。もったいないものね」

「うん……」

ここは一応、一流として知られる都心のホテルだ。一泊でも安くはないが、栗山との関係を考えれば、倉田としては、これぐらいのことは、どうにでもなる。

「しかし、君のお父さんに知れたら、殴られるな」

「ご心配なく。知れることないわ」

と、由紀は自信たっぷりだ。

「君は面白い子だね」

倉田は服を着ながら、言った。

由紀は、ＴＶをじっと見ている。聞いていないのかと思えば、

「奥さん、きれいな人ね」

と、突然言い出した。

「女房かい？　そうかね」

「そうよ。男をひきつけるものを持ってるわ」

「そんなもんかな」

「あなたは、そばにいるから分らないのよ。でも――」

と、言いかけて、ためらう。

「でも……。何だい？」

「どこか危い魅力ね。奥さん」

「危い、って？」

「うーん、何て言うかな」

由紀は天井を見上げて、「自分の火で、男を焼き尽くす、っていうか……」

「凄いことを言い出すね」

「敵もいるでしょ、奥さん」

倉田は、面食らって、

「敵？　さあね。――よく知らないな」

「だめね！　あ、ルームサービスだ！」

チャイムが鳴って、由紀はピョン、と飛びはねるように立ち上った。

由紀はビーフカレーをアッという間に平らげた。

倉田も、家で食べないと言ってしまったので同じものを頼んだのだが、すっかりもてあましてしまっている。

「――何か恨まれる心当り、あった？」

と、由紀は訊いた。

「僕かい？　いいや。――娘たちのことは、まだ手がかりがないらしい」

「あなたでないとすれば、奥さんね」

と、由紀は言った。

「女房が――」

「誰かに恨まれてるのよ」

「まさか」

「だって、それじゃ、あの二人のお子さんが恨まれてるっていうの？」

「いや、そんなことは……」

「あなたでもないのなら、奥さんじゃないの。ね？」

「うん……。そういうことになるか」

「あなたの勤めている会社、奥さんのお父さんのものだったんですってね」

「そうだよ」

「その方は？」

「義父《ちち》かい？　死んだ。ついこの間ね」

「じゃ、違うわね」

　と、由紀が肯く。

「違う、って……。何が？」

「もしかして、その人を苦しめるために、孫を狙ったのかと思ったの。でも、亡くなってるんじゃね」

　倉田は苦笑して、

「君はこういうことが好きなのかい？」

「ヒマだから。それだけ」

　と、肩をすくめる。「あなたのとこの上の女の子。何てったっけ」

「成美だよ」

「成美ちゃんか。私、気に入ったわ」

「へえ」

「何となく、似たとこがあるような気がするの」

「じゃ、高校生になったら、気を付けなきゃな」

由紀は、明るい声で笑った。――その笑い声は、倉田の胸を、十代の少年のようにときめかせた。

「――もう少し時間がある」

と、倉田が言うと、由紀は、

「腹八分目よ」

と、言って、倉田の鼻を指先でつついた。

「今日はこれまで！」

倉田は笑い出した。


「オス！」

由紀が手を振ると、公園で遊んでいた成美は、

「あ、大きい車のお姉ちゃん」

と、言った。

「よく憶えてたわね」

由紀は、ジーパン姿で、公園に入って来ると、

「一人で遊んでるの？」

「うん」

「妹の——何てったっけ？」

「美樹」

「そうか。美樹ちゃんは？」

「ママがお出かけで、連れてった」

「一緒に？」

「うん。でも、美樹は途中で、お友だちの所に預けるんだよ」

「へえ。じゃ、ママは一人でお出かけなのね」

「うん。絵を見に行くんだ」

「絵が好きなの？」

「ママ、絵を描《か》くんだよ」

「へえ、凄い」

「上手いんだ。見せたげようか」

「お願い！」

成美は、この間パパを車に乗せて来たこのお姉ちゃんが、何となく忘れられずにいたのだった。

何だか、このお姉ちゃんなら、何をしゃべっても大丈夫、って気がする。

もちろん知らない人を家へ入れたりしちゃいけないのだが、パパと知り合いなんだし……。構わない、と成美は判断した。

首から下げて持っていた鍵で玄関を開け、中へ入ると、

「――この絵、ママが描いたんだよ」

と、壁の風景画を指す。

「凄いね。こりゃ、本当にうまい」

「嘘だと思ったの？」

と、成美はいささか心外、という気持で訊いた。

「そうじゃないわ。でも、こんなに上手だなんて……。成美ちゃんも好き？」

「絵かくの？――ウーン」

成美は考え込み、由紀は笑い出した。

「ＯＫ！　じゃ、今度、描いたのを見せてもらおう」

「やだよ」

と、成美は言ってやった。

——ジュースを出して二人で飲んでいると、成美は、何だかこの由紀という「お姉ちゃん」と、ずっと前から知り合いだったような気がして来た。

「——成美ちゃんの首を絞めた奴は、まだ見付かんないの？」

「うん」

「そう。——早く見付かるといいね」

「うん……」

成美は、少しあいまいに答えた。

「——ね、成美ちゃん。何か秘密があるのね？」

「え？」

成美はドキッとした。

「一人で隠してる、って辛いでしょ。もし良かったら、お姉ちゃんに話してみて」

成美は目を伏せた。

「無理しなくていいよ。成美ちゃんが、話していい、って決めたらでね」

成美は、少し間を置いて、言った。

「心配なんだ」

「心配？」

「ママのことが」

「ママ？　でも、成美ちゃんが首を絞められそうになったんでしょ？」

「でも、きっと、ママのことを悲しませようとしたんだよ」

「どうしてそう思うの？」

成美は、迷った。――しかし、じっとこっちを見ている目は、幼稚園の時の、優しかった先生の目とそっくりだった。

「あのね……」

と、成美は口を開いた。

14　画　廊

ためらう時間がなかったのが、却って良かったのかもしれない。

美樹を友人の所へ預けて来たので、そうゆっくりしてはいられないのだ。

そうでなかったら、淳子はいつまでもその画廊の近くをうろうろしていることになったかもしれない。——もちろん、場所は良く知っている。

そこへ入るのが、怖かったのだ。

しっかりして、と自分へ言い聞かせた。まさか、沼原昭子や布川爽子の幽霊が待ってるわけじゃあるまいし……。

小さな画廊だが、落ちついた雰囲気で、プロの画家にもよく使われる所である。

間違いなく、入口には〈沼原昭子展〉という札が出ていた。

「——いらっしゃいませ」

女子大生ぐらいの感じの女の子が、受付に座っている。「ご記名願えますか」

淳子は、ちょっとためらったが、すぐにサインペンを取って、〈倉田淳子〉と書き込んだ。

「ちょっと拝見していい？」

「どうぞ」

淳子は、記名された名前を見て行った。——意外に多くの名がある。

中には、かなり名の知れた美術評論家や、画家の名もあった。沼原昭子の名を忘れない人が、これだけいたということである。

前の方のページをめくっていた淳子の手が止った。——全く予期しなかったわけではないにしても、やはり一瞬、顔から血の気のひくのを感じた。

〈布川爽子〉という名が記されていたからである。——住所の記入はなかった。

爽子の字は、今でもよく憶えている。こんな几帳面そのものの字ではなかった。

誰か、この個展を企画した人間が、記入したのだろう。

もちろん——死んだ人間が、絵を見に来るわけもない……。

「ありがとう」

と、淳子は言って、「あなた、アルバイトの学生さん？」

「そうです」

と、受付の子は答えた。

「誰に頼まれて？　この個展を企画した方からでしょう？」

「ええ……。たぶん」

と、曖昧に言って、「大学の学生課から聞いて、ここへ来たんです」

「ああ、そうなの」

淳子は肯いた。「ここの絵に関する連絡はどなたに？」

「ここです」

と、女学生は、名刺を一枚取り出した。

「画商。——津村茂和《つむらしげかず》。知らない人だわ……」

「私も会ったことないんです」

と、女学生が言った。

「ちょっと写させてね」

淳子は手帳を取り出して、その津村茂和という画商の電話番号などをメモした。

そして——画廊の中を、ゆっくりと歩き始める。

他にも、画学生らしい若い男女が五、六人訪れて来ていた。——しきりに肯いたり、腕組みをして、感心している様子だ。

「——凄いね」

と、一人の女の子が言っている。

そう……。

確かに、あなたは凄い人だったんだわ、と淳子は思った。

でも、もうあなたは死んでしまった。――今になって、何を企んでいるの？

淳子はいつしか、その絵を通して、沼原昭子に問いかけていた。

「――あら、倉田さん」

呼ばれて、ぎくりとした。

「あ――北畑さん、ですね」

団地の喫茶店で会った女性だ。きれいにしているので、一瞬、誰だろう、と考えなくてはならなかった。

「おいでになってるかな、って思ってたんですよ」

と、北畑圭子が言った。「憶えてらっしゃいます？　こういう絵の一つ一つ」

「ええ」

と、淳子は肯いた。「とてもよく」

「そうですか。――こうして見ると、凄く激しい個性を持った人だったんですね」

淳子は苛立っていた。

分ったようなことを言わないで！　そう叫び出したかった。

淳子は、沼原昭子と二人きりで会っていたかったのだ。それを、この女が、土足で踏み込んで来た……。

「ねえ、このタッチなんか、今見ても何だかゾクゾクして来ません？」

と、北畑圭子は一人で感心している。

「放っといて下さい」

と、淳子は言ったが、低い声だったので、相手の耳には入らなかったらしい。

「え？」

「いえ——いいんです」

と、淳子は首を振った。

すると、

「北畑さんじゃない？」

と、同年輩の女性が、声をかけて来た。「やっぱり！　私よ！　ほら——」

「わあ、懐しい！」

芸術への陶酔《とうすい》は、一瞬にして、同窓会に変ってしまった。北畑圭子は、淳子へ、

「美術学校の時の友人で……。ちょっと失礼しますわ」

「ええ、どうぞ」

淳子はホッとした。

二人は、画廊の中でおしゃべりというのもまずいと思ったのだろう。外へ出て行った。

あれきり戻って来ないかもしれない。

どうせ、大して絵を見る目も持っちゃいないのだ。

——淳子は、他のすべてのことを忘れて、沼原昭子の絵に、ひき込まれて行った。そこには、沼原昭子の青春が、淳子自身の青春が、塗《ぬ》り込められていた……。

そして、気が付くと、淳子の目には、熱く涙がたまっていた。

周囲の人が妙に思わないように、ハンカチを出して、そっと拭う。——何だろう、この涙は？

悔恨《かいこん》の涙か？　それとも追憶の涙だろうか……。

そうだ。いつまでもここにはいられないのだ。

淳子は、バッグの中のメモを取り出して、眺めた。

〈津村茂和〉

この画商に会う必要がある。

画廊を出た淳子は、近くの小さな喫茶店に入った。もちろん、あの北畑圭子たちがいないことを確かめてから、入ったのである。

昼をほとんど何も食べていなかったので、サンドイッチを取り、紅茶を頼んだ。

店の中の公衆電話から、〈津村茂和〉の所へ電話を入れてみる。

「こちらは津村茂和の事務所でございます。ただいま留守《るす》にいたしておりますので——」

テープの応答。淳子は、少し迷ってから、切った。いないのか。それとも、ちょっと出

ている だけで、すぐに戻るのか。

どうしよう……。

淳子は、サンドイッチを食べながら、考え込んだ。そのメモの住所を訪ねて行くことはできるが、時間がかかるだろう。

美樹を引き取りに行くと約束した時間まで、あと一時間半。——ここからそう遠い場所ではない。

出直してもいいが、この次、美樹を預けて出て来られるのは、いつだろう？　この個展が終ってしまったら、手がかりも失われてしまうかもしれないのだ。

——行ってみよう、と淳子は決心した。

思いの他、時間はかからなかった。

地下鉄で三十分、とみていた区間が、十五分ほどで着いてしまって、後は手近な交番へ入って訊いた。

少し道はややこしかったが、すぐに捜し当てた。

普通の住宅の一階に、小さな画廊が造られていて、そこが事務所になっているようだ……。

人の気配はなかったが、呼び鈴を押してみる。——返事がなく、むだ足だったか、と諦

めかけた時、

「はい、どちら様ですか」

と、返事があって、びっくりした。

男の声だ。

「あの――津村さんにお目にかかれませんでしょうか」

と、淳子は言った。

「どなたです？」

津村茂和らしいその声は、明らかに面倒がっている。

「あの――沼原昭子さんの知り合いだった者です」

と、淳子はインタホンに向って、言った。

向うが沈黙した。迷っているのか、それとも、誰かと相談しているのだろうか。

「――どうぞ」

と、やっと返事があった。「入って、少し待っていて下さい」

カチリと音がして、ロックが開いた。淳子は扉を開け、中へ入った。

少し暗い感じの、冷ややかな空間。絵もいくつか飾られているが、それは一種の看板代りのようなもので、大して値打ちのあるものとは思えなかった。

淳子は、ここであまり待たされると、せっかくすぐに捜し当てた意味がなくなる、と思った。

小さな椅子がある。そこに腰をおろして、奥から津村が姿を見せるのを待った。

奇妙な圧迫感を覚えて、落ちつかない。不安？　知りもしない人間の所へ来て、なぜ不安なのだろう？　別に危険があるわけでもないのに……。

奥のドアが開いて、淳子は腰を浮かしかけた。しかし出て来たのは、二十二、三の若い女で、チラッと淳子の方へ目をやると、逃げるような足取りで、表へ出て行ってしまった……。

——今のは幻《まぼろし》だろうか？　本当に目の前に現われたのだろうか？

淳子は、自分が少し青ざめていることに気付いていた。——これだったのだ。怖がっていたのは。

あの遠い思い出……。画商、中路の店の奥で、中路に抱かれた記憶。ここへ来てそれがよみがえっていたのだ。

今の女は——かつての淳子そのものだった。

タイムマシンで、過去の自分を眺めたような気がしたのである。あのころ、自分もきっとあんな風に、中路の店を出て行っただろう。

さらに十分ほどして、津村が現われた。

「お待たせしました」

意外なほど、ビジネスマン風の男だった。中路のようなタイプとは大分違う。

「ちょっと客を呼んでいたものですからね」

と、津村は言った。「ここじゃ、落ちつかんでしょう、中へどうぞ」

「いえ、お忙しいでしょうし、ここで」

「そうですか」

津村は事務用の、キャスターのついた椅子を引き寄せて、淳子の前に座った。

別に、津村を警戒したわけではない。今の淳子はもう三十八歳。もし中路が生きていたって、手も出すまい。ただ、さっきの若い女が津村に抱かれていた部屋へ足を踏み入れるのは気が重かった、というだけのことだ。

「沼原昭子さんのお友だちだったとか」

と、津村は言った。

「友人というほど親しかったわけではないんですが……。ただ、色々縁がありまして」

と、淳子は言った。「あの――うかがいたいことがあって、お邪魔したんです」

「何でしょうか?」

「今回の沼原昭子展ですけれど、津村さんがご自身で企画されたものでしょうか」

津村は、どう考えたものか、少し迷っている様子だった。そして肩をすくめると、

「自分の考えでもありますし、他にも協力者がいます」

と、言った。

「協力者？　どなたでしょうか」

「それは申し上げられませんね」

と、津村はそっけなく言った。「条件なのです。沼原昭子の絵を集める代りに、その人物を決して表に出さないこと、というのが」

「何かわけがあるんでしょうか？」

「そりゃあるんでしょう。しかし、私としては、そこまで訊く必要もありませんし、沼原昭子の絵には、興味もありましたんでね」

「そうですか……」

淳子としても、これ以上突っ込んで訊くには、相手を納得させなくてはならない。「沼原昭子さんが殺されたことはご存知ですね」

と、言った。

「ええ。私はそのころフランスにいたものですからね。後で事件のことは耳にしました。惜しい人を亡くしたものだ、と思いましたよ」

少し、津村も打ちとけた口調になった。「あなたも絵をお描《か》きになる？」

「少し」

と、淳子は言った。「沼原さんを殺した、中路という画商のことを――」

「ええ。フランスで一度会ったことがありました。どことなく気味の悪い、しかし相手を呑み込んでしまいそうな迫力のある人でしたね」

「私も、中路さんに少し絵を売っていただいたことがあります」

「ほう」

津村の目つきが変った。「失礼ですが、お名前は……」

「倉田淳子と申します。旧姓は轟でした」

「轟淳子。——そうでしたか」

津村は、目を見開いて、「いや、憶えていますよ。あなたが出て来られたころの絵を」

「光栄ですわ」

と、少し照れて、淳子は言った。

「では——今も絵を?」

「いいえ。もう結婚して主婦業です。たまに趣味でやりますが」

「拝見させて下さい」

「そんな——とんでもない」

淳子は、思いもかけない方向へ話が進んで行くのに当惑していた。「お見せできるようなものではありませんわ」

「いやいや、それなら今からでも描くべきです。主婦であり、母親——でもいらっしゃるわけでしょう？　その年月が、絵を変えているでしょうからね」

淳子は、そんな話をしているのが、いやではなかった。むしろ、自分でびっくりするほど、この対話を楽しんでいたのである。——もちろん、そんなことは遠い夢に過ぎないが……。

「実は——」

と、淳子は言った。「十五年も前になる、あの事件のことに関係して、何だかこのところ妙な電話などがかかって来るんです」

もちろん出まかせだが、あまり詳しいことは話せない。

「ほう。沼原昭子が殺されたことで？」

「はい。それで、たまたま今の個展を見て、何か事情が分るかと……」

「なるほどね」

と、津村は肯いた。「そういうことでしたら……。いや、今回の協力者のことは、本人の了承がないと明かすわけにはいきませんが」

「よく分ります」

「あなたのことを、その人に話してみましょうか。向うが承知すれば、お会いになれるかもしれない」

淳子は少し考えて、

「――お願いします」

と、言った。「私がここへ参ったことを、話してみていただけますか」

「分りました」

津村は、初めとは打って変って、愛想が良かった。

帰りも、淳子を、外まで見送ってくれて、

「今度お目にかかる時は、ぜひ絵を一点、見せて下さい」

と、どうやらお世辞《せじ》でもなさそうな口調で言った……。

15　盗まれた瞬間

どっちの味方につくべきか……。

大沢は迷っていた。——人間、成功と失敗の分れ目は往々《おうおう》にして、そこ、にかかっているものだ。

どっちの味方につくか。

そこで人の運命が左右される。——特にサラリーマンなどは、そうだ。

大企業になれば、必ず派閥というものがあり、そのどこに属するかで、将来が決定される。実力者が二人いて、勢力を競っていたら、勝者はどっちになるかを、見きわめなくてはならない。

そこにはやはり「賭け」の要素がある。人間は、いつどんなことになるか、分らないのだから。

飛ぶ鳥も落す勢いの人間が、事故で死ぬこともあるし、スキャンダルで、引退しなくてはならないこともある。

大沢は、ビルの一階のショールームで、待っていた。

もう、とっくにショールームは閉っている。ビルも正面はシャッターが下り、残業している人間は、裏の方から帰るから、このショールームの方へ来る人間はいないはずだ。

しかし、大沢は充分に用心していた。

ガードマンの制服姿も、大分板について来た。――やはり、仕事がある、ということの精神的な効果は大したものだ。体調も、ぶらぶらしていたころより、ずっと良くなった。

コツコツ、と足音がした。

「――やあ、どうも」

と、大沢は言った。

「ご苦労様です」

根本が肯くと、「こっちには誰も来ません。ガラス扉《ど》をロックして来ましたよ」

「用心深いですな」

と、大沢は笑った。「根本さんは刑事に向いてる」

「とんでもない。――ともかく、座りましょう」

根本は、ショールームの中へ入った。

照明を半分だけ点《つ》けて、二人は椅子に腰をかけた。

「どうです?」

と、根本が言った。

「いくらかは成果が」

大沢は、ポケットから封筒を取り出した。「用心しないと……」

ナイフを出して、封筒のほとんど真中辺りを切る。

「何です？」

「普通、封筒は端を切るでしょう。これは端を切ると、手に赤い薬品がくっついて、そう簡単には落ちなくなるんです」

「ほう」

「誰かがこれを盗んでも、後で苦労するというわけですよ」

「さすがだ」

と、根本は言った。

「――これが社長の大川です」

と、大沢は、写真を二枚、テーブルの上に置いた。

「まだこの女と続いてるのか」

と、根本は呆れたように言った。「もう、五年越しぐらいでしょうね。一度奥さんにばれて大騒ぎになったのに」

「女の方が食らいついてるようですね。女のことをもう少し当ってみますか」

「いや、そう新しい事実は出ないでしょう」

「ただ、興味があったのは、女が銀座に小さな店を出すと言ってるらしいことです」

「銀座に店？」

「どんな小さな店でも、安くはありませんからね。その話が、ただのホラならともかく——」

「事実なら、金の出所を」

「当ってみます。大川には自分の財産が？」

「雇われ重役ですよ、もともと。自由になる金が大してあるとは思えない」

「なるほど。次は三宅専務です」

と、大沢は、三枚の写真を取り出した。

「——おやおや」

と、その一枚を見て、根本は苦笑いした。「これは庶務の新人の女の子じゃないか。三宅さんの女好きもここまで来ると、相当なもんだ」

「その一枚を見て下さい」

と、大沢は言った。

「ほう……。少し様子が違うな、これは」

「でしょう？」

――三宅が、なれなれしく肩を抱いてやっているのに、相手の女はそれを逃れようとしている。

「三十代の半ば、かな」

　と、根本は女を見て、「何者です？」

「まだ分りません」

　と、大沢は首を振った。「どう見ても、水商売ではないし、といって、普通の主婦というのとも、ちょっと違うようです」

「なるほど」

「この二人は、まだ体の関係はないようです。専務の方は気があって、女の方は逃げている、というところですかね」

「するとこれは――」

「小さな喫茶店です。外からガラス越しに撮ったのです」

「よく撮れてる」

「その辺は慣れていますから」

　と、大沢の顔に、得意げな表情が浮かんだ。「店を出て、専務はしつこく誘っていましたが、女の方が『子供が待っていますから』と言うのが聞こえましたよ」

「子供持ちか……。何者だろう？」

根本は考え込んだ。

「分りません。しかし、突き止めますよ」

「お願いします」

根本は上衣《うわぎ》の内ポケットから、封筒を取り出し、

「これは普通の封筒ですよ」

と、言った。

「どうも」

大沢はちょっと中を覗いてから、ポケットに押し込んだ。「実は、根本さん」

「何です？」

「これは——全く偶然見かけたので、シャッターを切ってしまったんですが」

大沢が取り出した写真を、根本はしばらく見ていた。

「女の方は——」

「知ってます」

根本は言った。「栗山さんの娘だ。何てことだ！」

栗山由紀と、倉田が二人でホテルのロビーをやって来るところだ。

「もちろん、ここは普通のホテルですからね」

と、大沢は言った。「必ずしも、二人がそういう仲だとは——」

「大沢さんの見たところでは？」

少しためらってから、

「間違いなく、寝て来たところでしたよ」

と、言った。

「なるほど」

「考えたんです。倉田さんに見せるか、奥さんに見せようか、と。しかし――結局、根本さんにご相談した方がいい、と思ったものでね」

「ありがとう」

根本は、大沢の肩を、軽く叩いた。「一番いい選択でしたよ。この件は私に任せて下さい」

「よろしく」

大沢は立ち上って、「では、これで」

と、先にショールームを出て、巡回のために歩いて行った……。

根本は、倉田と栗山由紀のうつっているその写真を、また取り出して、しばらく眺めていたが、やがて、ゆっくりと手の中で握り潰した……。

「――何を考えてるの？」

淳子にそう訊かれて、倉田はちょっとドキリとした。

「いや別に」

と、首を振ってから、「仕事のことをね。ちょっと……」

本当なら、その質問は、倉田の方が淳子にするべきものだった。ベッドで、並んで暗い天井を眺めながら、じっと考えごとをしていたのは、淳子の方だったからだ。

いや、倉田だって考えていた。しかし、それは、「考える」というより「思い出している」といった方が正しい。

淳子を抱きながら、そして充分に満足し、満足させながら、倉田は、栗山由紀のことを考えていた……。

由紀の魅力は、ただ若さにあるのではなかった。若いから、というだけで、他の女性に目が行くほど、倉田も単純ではない。

由紀には、淳子の持っていない、乾いた明るさがあった。細かいことにはこだわらない大らかさ。

淳子はその点、しっかりしている分、現実的で、細かいことによく気が付く。

もちろん、そのどっちがいい、などと比べられるものでないことは、百も承知だ。しかし、由紀の持つ、どこかプロフェッショナルな印象は、倉田にとって新鮮だった。由紀は特に働いているわけではないのに、家庭に入って、おさまっていられる女ではない、と思えた。

淳子への罪悪感があまりないのも、倉田にとって意外だった。淳子と結婚して以来、他の女と寝たのは、由紀が初めてだ。

それも、倉田のせいというより、由紀の持つカラッとした性格のせいだったろう。

「あんまり無理しないで」

と、淳子に言われて、倉田はちょっと戸惑った。由紀と寝て来て、また淳子と寝ることを言ったのかと思った。まさか……もちろん、仕事のことを言っているのだ。

「大丈夫、根本さんもついてるしね」

「あの人は頼りになるわ。いつか、あなたが社長になったら、根本さんをうんと大事にしてね」

「ああ、もちろん」

と、倉田は、息をついて、「それにはまず、社長にならないとね」

「なれるわよ」

「そうかな」

「なって。ぜひ」

淳子は、夫にキスした。「社長夫人になって……」

「何するんだい？」

「好きな絵を思い切り描《か》くわ」

「今だって、やれるじゃないか」

「気分が落ちつかないわ……」

しかし、淳子は、あの津村の言葉を、思い出していたのだ。――絵を描きたいという衝動が、自分の中から突き上げて来るのを、感じていた。

それどころじゃないのに……。

そう、成美と美樹の事件も、何も片付いていないというのに。

でも、創作の衝動というのは、そういうものなのかもしれない。

「――あの家へ移りましょうか」

と、淳子は言った。

「え？　お父さんの家へ？」

「ええ。いずれはどうせ移ることになるんだし」

「そりゃ分ってるけど……。成美が中学へ入る時、と決めたんじゃなかったのか？」

「でも……。あんなこともあったし。一向に犯人も見付からないし」

「それはそうだけどな」

「これ以上何かあってからじゃ、遅いと思うのよ」

「うん……」

子供のことを持ち出されては、倉田も反対できない。それに、今でも倉田は部長だ。団地住いがまずいということもないが、あの轟の家なら、確かに客を招くにも充分な広さがある。

「僕は構わないよ。成美の気持だな」

「訊いてみるわ」

淳子はそう言って、伸びをした。「──まだ十二時ね。割合に早いんだわ」

「今夜は早かったからな」

淳子が、倉田の方へ体を向けて、寄り添って来る。

「おい……」

「抱いてくれるだけでいい」

しかし──抱くだけ、というわけにもいかないのである。倉田は、自分でも少々意外なほどに、余裕のあるところを見せて、淳子の上にのしかかって行ったが……。

「──ごめん」

成美の声がして、二人はびっくりして飛び上った。

「どうしたの？」

と、淳子があわてて起き上る。

「明日、学校にお金持ってくの。千円だって。手紙が間に合わないから、って先生が」

と、成美がドアから顔を出して、言った。

「分ったわ」

「さっき言おうと思って、忘れちゃった」

「いいわよ、ママ、明日出しておくから」

「うん。——おやすみ」

「おやすみなさい」

「ごめんね、邪魔して」

ドアが閉ると、淳子と倉田は少しポカンとしていたが、やがて顔を見合わせて、吹き出してしまった。

「——参ったな」

「もう小さい子供じゃないんだし……」

「しかしね」

倉田は苦笑した。

「そうだわ」

と、淳子が言った。「あなたに話しておかなきゃ、と思ってた」

「何を？」

「隠し子のこと」

「え？」

倉田が目を丸くする。

「父のよ」

「――びっくりした！　お父さんか。それなら分る」

「私にいるわけないでしょ」

淳子は、あの家で見付けた手紙のことを夫へ話した。

「山崎安代？」

「聞いたことある？」

「いや、ないよ。しかし……。どうする？」

「どんな人なのか、調べた方がいいと思ってるの」

「そうだな、お父さんの愛人か」

「いても不思議じゃないけど……。でも、どうして私に隠してたんだろ」

「そりゃ、言いにくかったのさ。叱られると思ってたのかもしれないし」

普通なら、そうかもしれない。しかし――轟と淳子は、「普通の親子」ではなかったのだ。

父と娘であり、同時に、「共犯者」だった……。

だからこそ、父も淳子に対して、ほとんど何の秘密も持たなかった。何でも打ちあけ合って、過して来た……。

「子供がいるとなると、ちょっと面倒かもしれないな」

「父が認知してたかどうかね。――もししていれば、根本さんが知らないわけないと思うし」

「どうする？」

「そうね」

淳子は少し考えて、「ともかく、一度会ってみるしかないと思う。父も、放っておくような人じゃなかったもの」

と、言った。

16　木立ちの陰

「──おい、由紀」

と、栗山が呼んだ。

「何、お父さん？」

と、外出から会社へ戻って来た由紀は、言った。

「電話だ」

「あ、はいはい」

「社長が電話番だからな、この会社は」

と、栗山がぼやく。

「いいでしょ、忙しい方が。誰から？」

「女の子だ。何だかまだ子供みたいな声だぞ」

「分ったわ。──もしもし」

「あ、お姉ちゃん？　成美です」

「やあ、元気？　よく電話してくれたわね」

「今日は土曜日だから」

「あ、そうか。もうおうち？」

「うん」

「そう。あのね、明日、お姉ちゃん、そっちへ行くからね」

「じゃ、会えるね」

「会えるよ。この間の公園で？」

「えーと」

と、成美は少し考えて、「あそこは日曜日は人が一杯来るの」

「じゃ、どこがいいかな」

成美は、少し離れた公園を説明して、

「――分る？」

「捜して行くわ。じゃ、明日ね」

「うん」

「バイバイ」

電話を切ると、父親が、半ば呆れたような顔で、

「ちっとは男からとか、電話がかかって来ないのか」

と、言った。

「かかって来たら、顔色変えて怒るくせして」

と、由紀はからかった。

「怒るもんか」

「怒らなくても、不機嫌になるわ、それじゃ同じよ」

と、由紀は言った。「今のは小学校六年生の女の子」

「ガールフレンドか。結構だな」

と、栗山は首を振って言った。「あの倉田さんってのは、なかなかいい男じゃないか?」

由紀はびっくりしたが、別に父は知っていて言っているわけではないのだ。

「倉田さんね。うん、私のタイプ」

「そうだろう」

「でも、妻子あり、よ」

「そこが欠点だ」

由紀は笑い出してしまった……。

「——ちょっと出かけて来る」

「どこへ?」

「図書館」

「勉強か、珍しいな」

「デートよ」

「好きにしろ」

——由紀は車を運転して、町へと出た。

本当のことを言っても信じない親ってのも困ったもんだ。

しかしまあ、男を見付ける度に難くせをつけてガミガミ言う父親より、ずっとありがたいのだが。

——図書館へ行くというのは本当のことである。

高校の時のボーイフレンドの一人が、司書をやっているのだ。

大勢ボーイフレンドがいると、何かと便利ではある……。


「やあ」

と、「ボーイフレンドの一人」が由紀の顔を見て、手を振った。

「元気?」

と、由紀は言った。

「まあね、陽に当らない仕事だから、すっかりドラキュラみたいになっちまったよ」

永井《ながい》という名のその若者は、夜学で大学へ通い、昼はこの図書館で働いているのである。

「永井君には似合ってる」

「そうかい？」

永井は、ちょっと笑って、「待ってくれ。手を洗って来る」

「ごゆっくり」

中規模の図書館だが、入った感じが、なかなかいい。入ろうとする足を止めてしまうような、冷たい印象の図書館というのもあるものだが。

しかし、由紀が、図書館に詳しいタイプでないことは、まあ言うまでもない。

「——お待たせ」

と、永井が戻って来た。「こっちだよ」

地下へ下りて行くと、少しヒヤッとするほど空気が冷たい。

「——まだやってるの、テープの吹込み」

と、由紀は言った。

「うん。でも、最近は、なかなか、時間がなくて……」

視覚障碍者用の録音テープのことだ。この吹込みはボランティア活動でまかなわれている。永井は高校のころから、それに加わっていた。

由紀も、永井に誘われて、少しやったことがあるが、長くは続かなかった。

「学校の勉強も厳しくてね」

と、永井は言った。「――ここに座っててくれよ」

由紀が、机に向って待っていると、永井が、何十枚かのコピーを手にやって来る。

「そんなに？　手間かけて悪いわね」

「君のためだ。ただし、コピー代は払ってくれる？」

「もちろん」

「――轟淳子っていう名が関係してるのは、十五年前の殺人事件だな」

「やっぱりあったの？」

と、由紀は、目を輝かせた。

成美の話で、母親のことを〈人殺し〉と書いた手紙のことを知って、本当の殺人事件が、何か絡んでいるのかもしれない、と思ったのだ。

「――かなり騒がれた事件だったらしいよ」

「十五年前じゃ、五歳だもんね、知ってるわけないか」

と、コピーをめくって見て行く。「――ちょっと、これ、何？　変質者の女子中学生殺し？」

「それも関係してるんだよ」

「凄い！――大変な事件だったのね」

「持って帰って詳しく読むと面白いかもしれないよ。でも、どうしてそんなこと、調べてるんだい？」

「うん。――また人殺しがありそうなの。いえあったかもしれないの」

「ええ？　君、相変らず無鉄砲なんだな」

「失礼ね。いつ私が無鉄砲なことやった？」

「いつも」

「解釈の相違ね」

由紀は、コピーを束ねて、「ね、お礼するわ」

「いいよ、別に」

「そうはいかないわ。コピー代は払っても、あなたの時間を使わせた分、デートして、払うわ」

「じゃ、遠慮なく」

「来週。――電話するわ」

そう言って立ち上ると、由紀は永井の頬に素早くキスして、「じゃ、またね」

さっさと、階段を上って行く。

「――かなわないなあ」

と、永井は赤くなりながら、呟いた。

「成美ちゃん」

と、呼ぶ声がして、成美は振り返った。

「あ、先生！」

成美は一瞬ドキッとした。

家庭教師の、高品浩子が、立っていたのである。今日、先生の来る日だっけ、と成美は一瞬考えたのだった。

「大丈夫よ」

と、浩子が笑って言った。「今日は授業じゃないの」

「ああ、びっくりした」

と、成美は言って、胸をなで下ろした。

「ママは？」

「家にいると思うけど……」

「あら、そう」

と、浩子は、意外そうに「今、行ってみたの。呼び鈴鳴らしたけど、ご返事なかったから……。じゃ、もう一回行ってみようかしら」

「もしかしたら、買物かも」

と、成美は急いで言った。

「そうね、じゃ、少し待ってみよう。美樹ちゃんは？」

「お友だちの所。そろそろ迎えに行かなくっちゃ」

「そう。遠いの？」

「あの向う」

と、成美は指さした。

「じゃ、先生も一緒に行こうかな。ただ待っててもつまんないものね」

「うん」

成美は一人より二人の方がいいのはもちろんだった。特に、お勉強のない時の浩子先生は、話していても楽しかった。

成美は、水道の所へ行って手を洗うと、ハンカチで拭いながら、

「じゃ、こっち」

と、歩き出した。

少し行って、浩子が、

「あの棟に行くんでしょ？　じゃ、この公園を横切ったら近いんじゃないの？」

「うん。でも——ママに言われてるんだもん、一人で公園に入っちゃいけないって」

「事件があったのね。でも、先生と二人よ」

「あ、そうか」

「じゃ、行こう」

「うん」

成美も、もちろん遠回りするよりは、真直ぐ行った方がいいに決っている。

「大変ね。色んな事件があって」

「まだ犯人も見付からないんだよ」

「そうですってね」

浩子は肯くと、「子供を殺すなんて、ひどいことよねえ……」

成美も、心を痛めている。

でも、あの由紀というお姉ちゃんが、きっと何か見付けてくれる……。

二人は、すり鉢状になった公園の真中の方へ下りて行った。中央にロータリーがあって、そこから放射状に遊歩道が作られている。

木も多く、確かに、外から見えなくなっているだけに、危険はあった。

「ワッ！」

二人が通りかかると、誰も来るはずがないと思っていたのか、木かげで抱き合っていたアベックが、びっくりして飛び上った。

「失礼」

と、浩子は言って、成美をせかした。

「先生」

「なに？」

「お邪魔しました、って言うんじゃないの、ああいう時は？」

浩子は笑い出して、

「どこでそんなこと聞いたの？」

「マンガにあった」

「そう……。確かにお邪魔かもね」

二人は、きつい階段を上って行った。

「——ねえ」

と、成美は浩子の手をひいた。

「どうしたの？」

「何か見えた」

「何が？」

「白いもの」

「白い？」

「人の——足みたい」

浩子は、ちょっと周囲を見回した。

「どこに?」

「今通った、あの木の向う」

と、成美が指さす。「やっぱり『お邪魔しました』なのかなあ」

「かもしれないわね」

と、浩子は肯いた。「でも……。一応、確かめた方がいいかもね」

「うん……」

「成美ちゃん、ここにいて」

浩子は一人で少し階段を戻り、振り向いた。成美が肯くと、浩子は、わきの木の陰に消えた。

成美は、じっとその場に立って、待っていた。——長く感じたが、本当は一分くらいだったんだろう。

浩子が出て来た。顔から血の気がひいている。

「先生、真《ま》っ青《さお》!」

「大丈夫」

と、浩子は肯いた。「ね、成美ちゃん、この階段を真直ぐ上れば、目の前ね」

「うん……」

「一人で、急いで行って、そこから一一〇番してもらってちょうだい」

「どうしたの？」

「人が倒れてるのよ。——私、ここにいるから。誰か見ていないと」

「分った」

「じゃ、早くね」

成美は、一気に階段を駆け上って行った。


「あら、成美」

ドアを開いて、淳子はびっくりした。高品浩子が一緒だったからだ。

「先生。——どうかなさったんですか」

「実は……」

「ね、人が殺されたよ」

と、成美が言った。

「——何ですって？」

淳子は愕然とした。

「本当なんです」

と、浩子が肯く。「私と成美ちゃんが見付けて……。ともかく、上らせていただいても？」

「ええ。――すみません、どうぞ」

と、淳子はあわててスリッパを出した。

子供たち二人を奥へやって、

「先生、一体何が……」

「今、警察が来て調べてます」

「誰かしら、一体……」

「大人の女の人です。集まった人が、知ってたようで、何とか言ってましたわ。北――。

北畑さん、だったかしら……」

淳子は一瞬息が止まるかと思うほど、びっくりした。

北畑圭子？――まさか？

どうしてあの女《ひと》が……。

「――ママ、おやつは？」

と、美樹が顔を出して言った。

17 休日

「どう?」

と、淳子は訊いた。

成美は、じっと自分を見つめるママの視線の中に、自分の答えを読み取っていた。

それ以外の答えはしようがないのだ。そうしなければママは悲しむだろう。そして、何とかして成美が「ウン」と言うまで、話は終らないだろう。

それなら、今、「ウン」と言っても同じことだ。

「――ね、成美、ママは――」

「いいよ」

「成美……。何て言ったの?」

「引越すんでしょ。いいよ、引越しても」

ママの顔がホッと緩んだ。自分では分っていなかったかもしれないが、とても怖い顔をしていたんだ。

「ありがとう、成美！」

ママが、成美の頭を軽く叩く。成美は嬉しかった。

もちろん、成美はもう大きいのだから、こんなこと、口に出しては言えないが、美樹が生まれてからというもの、ママは成美の頭を撫でたりしてくれなくなった。

久しぶりに触ってもらって、成美は意外なほど嬉しかったのだ。

「ママね、心配でしょうがないの。このところ、色んな事件が起るでしょ」

と淳子は言った。

「あの殺された女の人のこと？」

北畑圭子。――そう、あの女《ひと》は、なぜ殺されたのだろう？

偶然ではない。

淳子は、そう信じていた。

「そうね、あの人のこともあるけど――成美の首を絞めようとした悪い人のことも、美樹ちゃんを水へ投げ込んだ人のことも、分らないままでしょ。――ママ、ここから早く逃げ出したくて」

「だけど……」

「なあに？」

「犯人を見付けないと、また他の子がやられるんじゃない？」

淳子は、ちょっと詰った。──確かに、正論である。

「だけどね、それは警察の──お巡りさんの仕事でしょ。だから、成美が心配しなくてもいいのよ」

成美は肯いた。

「──いつ、越すの?」

「そうね。まだはっきりしないけど、できるだけ早く」

「うん。分った」

「ありがとう」

淳子は成美を抱いて、「いい子ね」

と、言った。

「ママ」

成美が少しむきになって、「私、もう六年生よ」

「ごめんなさい」

と、淳子は笑って言った。

「抱っこするのはパパだけにして」

「まあ。──ママをからかっちゃだめでしょ!」

と、淳子は笑いながら、成美をにらんだ。

成美は、チラッと時計を見た。

「ね、遊んで来てもいい？」

「ええ。――誰かお友だちの所？」

「たぶん」

「気を付けてね。できるだけ、お家の中か、すぐ近くの公園でね」

「はい」

成美が元気よく出かけて行く。

淳子は、ホッと息をついた。

――日曜日である。

昼を少し過ぎていた。ゆうべはほとんど眠っていなかった。

夫と、引越しについて話し合っていたのである。

もちろん、倉田は北畑圭子と淳子の係りを全く知らないし、その殺人が、自分の一家に関係があるとは思っていないだろう。

しかし、やはりこれだけ事件が続くと、家族の安全を考えて、引越した方がいい、と言い出したのだ。

「――やあ」

倉田が、茶の間へ入って来た。

「起きたの」

と、淳子は言った。「何か食べるでしょう?」

「うん。——成美たちは?」

「遊びに行ってる。美樹ちゃんはお友だちのお誕生日会だし」

淳子は台所に立った。

「——どうした?」

と、倉田がやって来る。

「何が?」

「成美に話したのか」

「ええ。——構わないって」

「そうか」

「ホッとしたわ。——六年生で、可哀そうな気もするけど」

「うん。しかし、命あっての話だからな」

「でも、あそこは一軒家だから、逆に危いってこともあるわ」

「そうだな」

「根本さんに頼んで、防犯の設備を、取り付けてもらうわ。——少しお金はかかるけど」

「いいさ」

「コーヒー、あたためてくれる？」

「ああ」

倉田は、コーヒーをカップへ注いで、「飲むか？」

「ええ」

カップ二つ、電子レンジへ入れて、あたためる。

「パンでいい？」

「うん。そう腹は空いてない」

ダイニングのテーブルについて、倉田は、息をついた。——寝不足である。

「——今日はどこかへ出かける？」

と、淳子が訊いた。

「うん」

倉田は、そう答えてから、自分でもびっくりした。

別に用事もないのに、なぜ、出かける、といったのだろう？

「都心の方？」

「ちょっと、今度の取引物件の土地を見ておきたいんだ」

出まかせが、スラスラ出て来る。

「そう。夜になるの？」

「いや、そんなこともないだろう」

「いやなことが続いたし、夕ご飯、どこか外で食べない？」

「いいね。じゃ電話するよ。そうだな——六時ごろ」

「出られるように仕度しておくわ」

と、淳子は微笑んで言った。「——じゃ、すぐ出るの？」

「そうだな」

倉田は時計を見て、「三十分もしたら……いや、どうせなら出かけるか」

「じゃ、ゴミを下へ捨ててって」

淳子はちゃっかりと言った。

——倉田は、背広に着替えながら、鏡の中の自分へ、

「一体何のつもりだ？」

と、問いかけた。

どこへ行って、何をする気なんだ？

しかし、言ってしまった手前、出かけないわけにもいかない……。

ネクタイをしめて——ふと、その時に思い付いた。

「いいネクタイね」

「そうかい？」

「奥さんの趣味？　すてきだわ」

――栗山由紀はそう言った。

二人で過した後、ホテルの部屋で。

そうか。俺が今日出かける、と言ったのは……。由紀に会いたかったからだ。

どうかしてるな、と首を振る。

彼女の方に時間があるとは限らないじゃないか。別に約束したわけでも何でもないのに。

一体どうしちまったんだ？

「――そうだわ」

と、淳子が言った。「あなた――」

「うん？」

「お財布、お金入ってるの？」

「そうか……。乏《とぼ》しかったんだ」

「確か、この間そんなこと言ってたわよ」

「じゃ、少しもらってくか」

玄関へ出ると、

「はい」

と、淳子が倉田のポケットの札入れを出して、金を入れる。「じゃ、むだづかいしないように」

「分ってるよ」

「彼女をホテルへ連れてって、支払いの時にお金がない、なんてみっともないもんね」

倉田は、笑った。淳子もフフ、と笑って、

「じゃ、行ってらっしゃい」

「ああ。——電話する」

「待ってるわ」

玄関から出て、倉田は、息をついた。

心臓が止るかと思うほどびっくりしたのである。しかし、淳子は冗談でそう言っただけらしい。

それにしても……。タイミングが悪いよ！

倉田が歩き出すと、ドアが開いて、

「あなた！」

「何だい」

「ほら、ゴミ、忘れた」

と、淳子がゴミの袋を持ち上げて見せた。

しかし、倉田が会いに行こうと思っていた由紀の方は……。実は、倉田の団地に来ていた。

こちらはデートに——といっても、成美と会っていたのである。

「お姉ちゃん、聞いた？」

と、成美は言った。

「昨日のこと」

「うん。女の人が」

成美は、少し間を置いて、「私が見付けたの」

と、言った。

「そう。——びっくりしたでしょうね」

「先生と一緒だったんだ」

「先生？」

「家庭教師の先生」

「ああ、成美ちゃんの」

由紀は肯いて、「でも——怖いね。色んなことが起って」

「もしかして……。あの手紙と関係あるのかなあ」

由紀は、どう言っていいものか、迷っていた。

成美は、もう小さな子供ではない。

あの匿名の手紙と、この一連の事件を、結びつけて考えているのだ。

それを、余計な心配、と慰めてやるのはやさしいが、成美が納得するかどうかは、別の問題だった。

成美自身も、被害者になりかけている。

「――ねえ、成美ちゃん」

と、由紀は言った。「その手紙のことを、ママに話してみたら?」

「ママに?」

「そう。――誰か、ママのこと嫌ってる人がいるんだろうから」

「でも……」

と、成美はためらっている。

「それとも、ずっとお姉ちゃんと二人の秘密にしておく?」

「うん」

「その方がいい? どうして?」

「だって――」

成美は、少し遠くを見ながら、「もし、本当にママが人殺しだったら、困るもん」

と、言った。

由紀はドキッとした。

成美は、自分の母親が、もしかしたら、あの手紙の通りかもしれない、と思っている。

それは小学六年生の女の子にとっては、とても辛いことだろう。

そんなこと、あるわけないわよと言ってやりたかった。しかし……。

由紀はゆうべ、あの新聞記事に目を通したのだ。

もちろん、それは何も確かなことを教えてくれたわけではない。

しかし、中路という画商が、轟淳子や、沼原昭子という画家と係り合っていたこと、変質者による犯行と見られる、女子中学生殺しがあったこと……。

もちろん、表向き、事件は解決している。

しかし――成美のもとへ来たあの匿名の手紙は、それが、終っていないかもしれないことを、暗示しているのではないか。

だが、十五年もたって、なぜ？

「お姉ちゃん」

と、成美が言った。「ママのこと、守ってあげなきゃね」

18　衝　動

淳子は、白い紙を目の前にしていた。

久しぶりのことだ。――もちろん、ちょっと壁を飾るくらいの風景画なら描《か》いたことがあるが。

しかし、絵の中に自分を打ち込み、塗りこめるような絵は、もう何年も描いていない……。

何してるんだろう、私は？

こんな時に。――こんな大事な時に。

絵どころじゃないじゃないの。

しかし、淳子は分っていた。夫が出かけると聞いてホッとしたのは、一人になりたかったからなのだ、と。

一人になって、描きたかったのだ、と……。

買って来たスケッチブックの白い紙を、じっと見つめていた淳子は、やがて立ち上ると、手帳を取って来た。

「ええと……これだわ」

電話をかける。

もちろん、日曜日だし、誰もいないかもしれないけれど……。

すぐに向うが出たので、淳子はびっくりした。

「もしもし」

「津村です」

「あの——」

と、淳子は言い淀んだ。

向うがまるで本気でなかったとしたら？　絵を見せてくれ、というのが、単なるお世辞だったとしたら？

とんだ恥をかくことになる。

「轟淳子さんですね」

と、津村が言った。

「え、ええ。——あの、色々どうも」

「いや、お電話があるんじゃないかと思っていたんですよ。——いかがです」

「はあ……。絵のことでしょうか」

と、淳子はおずおずと訊いた。

「もちろんです。私は画商ですからね」

と、津村は笑って言った。

「あの――沼原昭子さんのことは」

「いや、そっちは今、連絡を取っているんですがね。まだなかなかつかまらなくて」

「そうですか。ご面倒をおかけして」

「いやいや。――で、いかがです」

「はあ。自信はないんですけど」

「ともかくやってみて下さい」

と、津村は自信たっぷりの口調で、「あなたならできますよ」

「そうでしょうか……」

「お待ちしてますよ。これから新作を?」

「ええ」

と、淳子は言った。「今、手もとにあるのは、風景画だけです」

「なるほど、では期待しています。いつでも持って来て下さい」

「ありがとうございます。あの――またお電話しても」

「構いませんとも、じゃ、お待ちしていますよ」

電話は切れた。

――淳子は白い紙の前に戻った。

津村に電話したのは、自分を追い込むためだった。どうしても描かなくてはならないように……。

さびついて、冷え切った創作の意欲をかき立てるためには、それぐらいのことが必要だったのかもしれない。

しかし――何を描く？

人間。

人間だ。絵とは人間だ。

淳子は目を閉じた。すると、暗闇の中を、次々に押し寄せて来る人の群が見える。

中路、沼原昭子、布川爽子……。

そう。描くとすれば、この人々しかない。

自分が殺した人々を描くしかない……。

淳子は2Bの鉛筆を持った。

紙に、走らせる。――だめだ。

破いて、捨てた。次のページ。

顔。――輪郭が取れない。

手が、動かないのだ。もどかしい思いで、二枚目も丸めて投げた。

顔。顔。顔……。

人間の顔が、何枚目かに、やっと現われ始める。

それは――父の顔だった。

そう。私の人生を決めたのは、この人だったのだ。

淳子は、胸に熱いものがわき出し、やがて四肢に満ちて行くのを感じた。

いつしか、淳子は、何かにつかれたように、鉛筆を動かしていた……。


「失礼します」

と、根本が声をかけると、相手の女はちょっと身を引いて、逃げ出しそうにした。

「山崎安代さん？」

「はい……」

と、女は、不安げに肯いて、「あの……電話下さった方ですか」

と、訊いた。

「いや、あれは別の男です」

根本は、「座っていいですか」

と言って、返事も待たずに、腰をおろした。

喫茶店は、にぎやかで、いささか埃っぽかった。

「――どうも落ちつかないな」

と、根本は言った。「店を移りませんか。もう少し静かな所の方が」

「時間がありません」

と、山崎安代という女は言った。「子供を知人の所へ預けてあるので」

「なるほど」

根本は、コーヒーを頼んだが、飲む気はなかった。場所代のようなものだ。

「何のご用でしょうか」

山崎安代は、警戒するようにじっと根本を見ている。

「実は――あなたと三宅専務とのことを、お訊きしたくて」

「三宅さん？」

「ええ。お会いになってますね、何度か」

「何度か、って――」

と、表情をこわばらせて、「会ったのは二回だけです」

「どういう関係ですか」

根本はクールな訊き方である。

「関係なんて……。変なことを想像しないで下さい」

「何も言いませんよ」

「あなたは？　どういう方なんですか？」

「あの会社の者です」

「じゃ、三宅さんの代りに？　でも、むだですわ」

と、山崎安代は言った。

「むだ？」

「三宅さんなんかの思い通りにはなりませんわ。いくらお金に困っても」

「なるほど」

「そうお伝え下さい」

と、席を立ちかける。

「まあ、落ちついて」

と、根本はなだめて、「私が来たことを、専務は知りません」

「え？」

「あなたはどうして専務と会ったんです？」

山崎安代はしばらくためらっていたが、

「私……ご相談したくて」

と、言った。

「相談?」

「ええ。――轟さんとのことを、どうしたものかと」

「待って下さい」

根本は言った。「轟社長のことですか、亡くなった?」

「はい」

「なぜ――」

「私、あの方と……。あの方の愛人でしたから」

根本は、しばらく、無表情な目で、女を見ていた。

しかし、女が嘘をついているとは、思えなかった。

「それで――」

と、根本は言った。「どういうことです?」

「子供がいます。娘です。轟さんとの間にできた子で……」

「女の子が。いくつです」

「六つになります。小学校へ入るのに、どうしても認知していただきたくて」

根本は、しばらくしてから、

「驚いたな」

と、言った。

「私……三宅っていう人の名だけ、あの人から聞いていたんです。ですから、急に亡くなって、困り果てた時、ふと思い出して三宅さんに……」

根本はちょっと笑った。女はムッとした様子で、

「何がおかしいんですか」

と、言った。

「いや、失礼。しかしね、そういう相談に、三宅さんは一番向かない人だ」

山崎安代は、戸惑ったように根本を見て、それから、笑った。

「――本当ですわ。口をきいてやるから、付合えとか言われて」

「なるほど。やりかねないな」

「あの……私、嘘はついていません。もちろん――証拠を出せ、とおっしゃられても困るんですけど」

「轟さんは、娘さんのことを――」

「ええ、小学校へ入るまでには、ちゃんとする、とおっしゃっていました。本当です」

女は必死だった。

「なるほど。――一度、あなたの家へ行きたいですな」

「いつでもどうぞ」

と、山崎安代は言った。「安アパートですけど」

「轟さんから、お金は？」

「時々……。でも、私も働いていますから」

「生活していけるんですか」

「母と子だけなら、何とかなります。でも、これから、色々お金もかかるし……」

「分りました」

根本は、コーヒーに口もつけず、立ち上った。

「では、アパートへ案内して下さい」

「はい」

山崎安代は、やっと安心した様子で、しっかりと肯いた。


ベンツの中の電話が鳴った。

由紀は運転しながら、受話器を取った。

「はい」

「君か」

ホッとした声。「もしかしたら、と思ってね」

「あら。倉田さん」

由紀は目を丸くした。「どうして分ったの？」

「いや、分らないよ。ただ、お宅へかけるわけにもいかないし、もしかしたら君があの車を使ってるかと思ってね」

「当り」

「一人かい？」

「ええ」

「時間はある？」

由紀は、少し考えて、

「どこにいるの？」

「新宿だ」

「そう」

まさかたった今、娘の成美と会って来たとは思うまい。「――じゃ、この間のホテル？」

「いいね」

「大丈夫なの、奥さん」

「うん」

「そう。――じゃ、先に行って待ってて、あと……そうね、三十分」

「分った。悪いね、突然」

「こんな会い方も悪くないわ」

と、由紀は言った。「それじゃ」

――ベンツを運転しながら、由紀は、考えていた。

倉田と会うのはいい。しかし、その後で、話すべきかどうか。

一連の事件は、おそらく倉田の妻と係り合っているのだということを。

成美が、一人で胸を痛めているのを見ていると、何とかしてやりたい、と思う。

係り合う気なら、とことんやることだ。

由紀は、大きく一つ息をついて、ハンドルを握り直した。

19　アトリエ

「もう二時よ」

と、栗山由紀は言った。「約束、二時半でしょ。間に合うの？」

「大丈夫」

倉田正志は、ベッドの中で、大きく伸びをした。

「どこまで行くの？」

「このホテルの二階」

由紀は笑い出してしまった。

「段々要領良く浮気するようになって来たわね」

「そうだろ？」

「でも、石ケンの匂いが残るわよ。もうベッドを出ないと」

「そうだな……」

由紀は先にベッドを出て、バスルームへ入って行くと、簡単にシャワーを浴びた。

入れかわりに倉田が。……由紀は、ソファに腰をおろして、倉田が出て来るのを待っていた。

「——ああ、さっぱりした」

倉田は、出て来て服を着ながら、「このところ、やたら調子がいいんだ」

「気をつけて、そういう時が危いのよ」

「仕事の方も順調だしね。何しろ直属の部下が五人もついた。社長も僕のことを無視できなくなったのさ」

「私にそんな話をしないで。奥さんに話すことよ、それは」

「そうか」

倉田はワイシャツのボタンをはめながら、「君は厳しいね」

「だから、続いてるの。——違う?」

「確かに、そうだ」

と、倉田は肯いた。

「この次は一か月以上、空けるのよ」

「一か月? どこかへ行くのかい?」

「いいえ。でも、あなたが危いから」

倉田は、ドキッとした。確かに、このところ、由紀にのめり込み過ぎている、と感じていた。

「奥さんと旅行でもしたら？」

と、由紀は言った。

「いや、仕事が忙しくて、とてもね……」

「私と会う時間をためたら、一泊二日ぐらいの旅はできるわよ」

倉田はネクタイをしめながら、

「考えてみるよ」

と、肯いた。「君はさめてるなあ」

「あなたのこと、好きなのよ。だから、あなたの奥さんも、成美ちゃんも好きなの」

と、由紀は言った。「どう、成美ちゃん？　新しい学校で、困ってない？」

「うん。元気でやってるよ。何だか今度は、都心の小学校だろ。勉強はうるさいらしいんだが、運動の方は、みんな全然だめなんだとさ」

「じゃあ、成美ちゃん、大活躍ね」

「ああ。ドッジボールなんかやると、一人で点を稼いでるらしい」

「良かったわ。一度会いたいな」

「きっと喜ぶよ」

――倉田は、由紀がちょくちょく成美に会っていることを、まるで知らないのだ。

倉田一家が、あのニュータウンから越したのは、半月ほど前のことだ。

もうそろそろ晩秋の、冷たい風が吹き始める。——急な引越しだったが、その忙しさに紛れて、みんな、色々な事件のことは忘れたように、毎日を過していた……。

「新しい家の暮しも、落ちついた？」

「まあ、一軒家ってのは、慣れないからね。階段は高いし、足が疲れる」

「何よ、さっきまで張り切ってた人が」

「全くだ。——おっと、もう行くか」

「待って」

由紀は、倉田のネクタイを直してやった。

倉田が、由紀に軽くキスする。

「——奥さん、苛立ってる？」

「淳子かい？　いや、やっぱり引越して忙しかったのと、あの事件のあった場所から離れたんで、大分落ちついたよ」

「そう」

「しかしね——」

と、言いかけて、言葉を切る。

「どうしたの？」

「いや……。何だかこのところ、絵に熱中していてね」

と、倉田は言った。

「いいじゃないの。奥さん、とても上手でしょう」

「しかし、前はね、ちょっと風景とか、気軽に描いてたんだ。ところが、今度は違う。父親の寝室だった部屋をアトリエのようにしてね、暇さえありゃ、閉じこもってる」

「また本格的にやりたくなって来たのよ。そういう芸術的衝動を大切にしなきゃ」

「まあ……。僕もあれの才能はなかなかのもんだと思ってるよ」

と、倉田は肯いた。「しかし――何しろその部屋は鍵をかけてね、誰も入れない。完成してない絵を見られたくない、と言うんだ」

「へえ」

「成美や美樹にも見せない。どうやら、本気だよ」

「浮気されるよりいいんじゃない？　誰かさんみたいに」

倉田は、笑って、

「君にはかなわないな」

と、言った。「一緒に出るかい？」

「もう少しのんびりして行くわ。お先にどうぞ」

「分った。――じゃ、また」

倉田は、部屋を出ようとして、「支払いはしておくから、後でキーだけ返しといてくれ」と言った。

——由紀は、一人になると、少し考え込んでいたが……。

「お腹空いた！」

ルームサービスで、サンドイッチを頼んだ。

男と寝ると、やたらお腹の空く体質なのである。

——倉田淳子が絵に熱中している。

それ自体は、別に奇妙なことでも何でもない。むしろ、環境も変って、気分一新ということもあろう。

しかし、アトリエにした部屋に鍵までかけて、というのは、気になった。倉田の手前、笑ってすませたが、二人の子供が狙われた事件も、解決していない内に、そこまで絵に打ち込むというのは、不自然かもしれない。

もっとも、由紀は身近に「芸術家」という人間がいないので、はっきりそうも言い切れないのだが。

それはそれとして……。

美樹と間違って、子供が殺された事件、北畑圭子という女性が殺された事件、そして成美が、殺されかけた事件も含めて、事件は何一つ解決していない。

警察の方も、一向に手がかりをつかめずにいる様子だった。

倉田淳子と、この一連の事件、そして、過去のいくつかの殺人事件……。

その間にどんな関係があるのか？

由紀には、まだつかめずにいた。――成美が受け取った、〈お前の母さんは、人殺し〉という手紙。そして〈お前のおじいちゃんも、人殺し〉というもう一つの手紙。

その二つが、もし事実と仮定したら？

倉田淳子と轟は、誰を殺したのだろうか？

沼原昭子か。それとも、自殺したとされている犯人の、中路という男か。

その辺の事情を知っている人間を、見付けられないものだろうか？

由紀は、成美のことを考えた。――あの小さい胸を痛めている少女のことを。

たとえ母親が〈人殺し〉でも、守ってあげなくちゃ、と決心していた成美の気持が、由紀はいじらしくてたまらなかった。

チャイムが鳴る。

「あら、早いのね」

立って行って、「ご苦労様」

と、ドアを開けると……。

「どうも」

と、頭を下げたのは……。「ごぶさたしております」

「根本さん、だったっけ」

「さようでございます」

根本は、もう一度頭を下げ、「突然、申し訳ございませんが、お話ししたいことがございまして」

「どうぞ」

と、由紀は、根本を中へ入れた。「今、サンドイッチを頼んじゃった」

「私が払っておきましょう」

と、根本は言った。

「じゃ、かけて。――倉田さんと打ち合せじゃないの？」

「車の渋滞で、十分遅れる、と伝言を入れてあります」

「さすがね」

由紀は、父の所へ轟が来ていた時、何度かこの根本とも会っている。

ソファに腰をおろすと、

「いつから知ってたの？」

「もう大分前になりますか」

「奥さんは？」

「何もご存知ありません」

「良かったわ。心配してたの」

「倉田さんは、今、大変大事な時でして」

「分ってるわ。――私の方で気を付けてるの。あの人が熱しすぎないように」

「よろしく」

と、根本は言って、微笑んだ。「あなたなら、大丈夫と思ってはいましたが」

「ありがとう。――あなたが調べたの？」

「いいえ。元刑事が、うちの警備におりましてね」

「へえ。根本さんが入れたの」

「そうではありません。倉田さんの奥様の古いお知り合いとかで」

「まあ、奥さんの……」

由紀の目がキラリと光る。

「倉田さんに、ぜひ社長になっていただきたいのです」

「同感。――何か邪魔になりそう？」

「いや、まだ大丈夫ですが、これから一、二か月が勝負です。ぜひ自重していただきたいので」

「分かりました」

と、由紀は肯いた。

「社長の大川も、専務の三宅も、大したことはありません。しょせん器ではないので」

「そうね。私も大川さんって見たことあるわ。気品のない人ね」

「同感です」

二人は一緒に笑った。

今度は本当に、サンドイッチが来た。

「少しつまむ？」

「いや、もう失礼しなくては」

と、根本は立ち上った。

「私にできることがあれば、何でも言って下さいな」

「ありがとうございます」

と、根本は頭を下げた。

「――一つ、うかがっていい？」

「何でしょう？」

「先代の――轟さんだけど、昔、事件に巻き込まれたことがあるでしょ」

「――私は存じません」

「そうね、もうずいぶん前のことらしいから。――いいの、気にしないで」

「失礼します」

根本が出て行く。

由紀は、急いで電話へと駆け寄った。

倉田がいるはずのラウンジへかける。

「――やあ」

「いたのね」

「珍しく、根本さんが遅れてるんだ。何だい?」

「あなたの会社のビルに、元刑事の警備員の人っている?」

「警備員?――ああ、大沢さんのことだろう。うちの淳子が昔、ちょっと知ってたとかって」

「大沢さんっていうのね」

「うん。どうしてそんなこと――」

「いいの。ありがとう」

由紀は電話を切った。きっと、倉田は面食らっているだろう。

由紀は楽しげに口笛を吹きながら、早速サンドイッチをつまみ始めた。

倉田は、ふと目を覚ました。

隣のベッドに、淳子の姿がない。——いや、眠ったらしい跡もなかった。

時計を見ると、もう夜中の一時半だ。

今日は土曜日で、倉田は休みである。しかし、成美と美樹はいつもの通り、朝出て行くのだし……。

倉田はベッドを出た。

和室にベッド、というのも、何だか妙な感じだったが、もうすっかり慣れた。

倉田は二階の廊下へ出て、子供たちの部屋を覗いた。——成美も美樹も、ぐっすり眠っている。

明りが洩れているのは、やはり淳子のアトリエだった。

もちろん、倉田も、淳子のプライバシーは尊重しているが、しかし……。

倉田は、ちょっと咳払いしてから、

「おい。——淳子」

と、声をかけた。

中で、ガサガサと音がした。少しして、ドアが開く。

「あなた。——どうしたの?」

と、淳子は言った。

「いや……。もう遅いから、ちょっと心配になってさ」

「そう。——あら、もうこんな時間なのね」

淳子は時計へ目をやって、びっくりしている様子だった。

「ま、打ち込むのもいいけど、体をこわすと大変だよ」

「ええ」

淳子は、目を閉じて、指で、瞼の上をギュッと押した。それから、微笑んで、

「心配かけてごめんなさい。すぐ寝るわ」

と、言った。

「分った」

ドアが閉まる。——その直前、倉田は、あの絵が、布で隠されているのを、チラッと見ていた。

倉田が声をかけたので、隠したのに違いない。

一体何を描いているんだろう？——倉田には、初めて見る淳子だった。

淳子は、十分もしない内に、ベッドへ入っていた。

「中断させて、悪かったな」

「いいの」

と、淳子は言った。「どうせ……」

「ん？」

「別に」

と、淳子は明るく言った。「寝坊したら、大変だわ」

倉田は、由紀の言葉を思い出した。

「なあ」

「え？」

「どこか、近くへでも、旅行しないか。四人で。——引越しでバタバタして、そのままずっと忙しかっただろう」

淳子は、黙っていた。倉田は、淳子が、絵を描きたいから、出かけたくないのかもしれない、と思った。

「——あなたは大丈夫なの？」

「僕か？　土日なら、構やしない」

「じゃ、行きましょう」

淳子が、あっさりと言った。無理をしているようでもない。

「どこへ行く？」

「軽井沢へ行きたいわ」

「軽井沢？」

「いけない？」

「いや……。しかし、もう寒いぞ」

「でも、空いてていいわ。夏は混むばっかりでしょう」

「そりゃそうだ。――じゃ、今日、成美が学校から帰ったら、車で行くか」

「いいわね。ホテルは？」

「この時期なら、取れるさ」

と、倉田は言った。「一泊じゃ、疲れるかもしれないが……」

「そんなことないわよ」

淳子は、少し間を置いて、「あなた、ありがとう」

と、言った。

「何だよ」

倉田は、いささか気が引けた。――何といっても浮気相手のすすめに従ったのだから。

「――ねえ」

淳子が、倉田のベッドへ入って来た。

「おい、時間が……」

「抱いてくれるだけでいいの」

「しかし――」

倉田は、淳子にキスした。

淳子は、倉田の胸に頭をあずけて、深く息をついた。

「絵を描いてるとね」

と、淳子は言った。「子供のころに戻るような気がするのよ」

「子供のころに？」

「何だか……誰かに頼って、甘えたくなるの」

倉田は、淳子の肩を抱いて、

「――何を描いてるんだ、あんなに熱心に？」

と、訊いた。

「私の……原罪ね」

「原罪？」

「昔の人々……。私の過去よ」

「ふーん」

「ごめんなさい。わけの分らないこと言って……。もう眠るわ」

「待てよ」

倉田は、少し体を起こした。「ここで眠ってもいいだろう」

「ここで？」

「うん」

倉田は、淳子の上にのしかかって行った……。

20 再会

「今日はどこの女と会うの？」

妻のいやみたっぷりの言葉を無視して、三宅は、

「夕方には帰れると思う」

と、言った。

「あら、無理しなくていいのよ。ゆっくりしていらっしゃい」

「仕事の付合いで、ゆっくりしてたって、面白くも何ともないさ」

三宅は、玄関のドアを開けて、「ちゃんと鍵をかけとけよ」

と、言った。

「いいのよ、開けといて」

「どうしてだ？」

「もうすぐ私の恋人が来ることになってるからよ」

三宅はちょっと笑って、

「行って来る」

と、外へ出た。

やれやれ……。全く苛々する女だ。

タクシーを拾う。——当然、妻の言った通り、女と会いに行くのだ。

もう、妻との間が、冷え切って何年たったろう？　別に理由があったわけではないのだが、もともと熱くなったことなど、なかったのかもしれない。

妻が、「恋人が来る」と言ったのは、もちろん冗談としても、誰かいるだろうということは、三宅も察していた。もちろん、腹を立てる筋合のものじゃない。

お互い様と思えば、気が楽というものである。

腕時計に、チラッと目をやる。——時間通りに来るかな？

何しろ、ちょっと不思議な女だ。

やたら時間を気にして、約束の三十分も前から来て待っているかと思えば、平気で四、五十分も遅れて来ることがある。

どこか、ちょっとアンバランスなところがあって、それが危い魅力でもある。

あんな女も、たまにはいいものだ、と三宅は思った。——何しろ、新人ＯＬなんか、初めの内は面白いが、すぐに、あれを買え、これが欲しい、と言い出す。

うんざりするよ、全く……。

——よく晴れた日だった。

もう木枯しの吹き始める季節である。

早いもんだな、一年たつのなんて……。

「日曜で歩行者天国ですからね」

と、運転手が言った。「裏道を行きますよ」

「ああ、任せるよ」

裏道か。女と会いに行くには、ぴったりかもしれない、と思って、三宅は笑った。

タクシーは、細い道を右へ左へと、すり抜けるように走って行く。

うまいもんだ、と三宅は感服していた。

ちょうど、人の世をうまく渡って行く人間のようだ。——こんな風にやって行ければ、いいだろうが。

正直なところ、三宅はこの数日、迷っていた。もちろん、社長の大川の将来について、である。

大川とは長い付合いだ。長所も欠点もよく分っていた。大川が社長になり、三宅は専務として、大川の右腕になる。——この見通しは、うまく的中した。

思ってもいなかった、新しい因子が、その公式の中へと、入りこんで来たのだ。

もちろん、倉田正志のことである。

初めの内は、大川と三宅が相談して、ともかく名目だけのポストにつけて、当人がいやけがさして辞めるのを待とう、というつもりだった。

辞めなくても、一人ぐらいむだな社員を飼っておくのは、大した経費ではない。特に、倉田の妻は、大きな株主である。

ところが――倉田は今や、はっきりと社長の座を目指して、階段を着実に上りつつあった。

あの、栗山の土地の一件をきっかけに、倉田はどんどん独自に仕事を見付け、開拓し始めたのだ。

――轟の娘婿という立場の威力は、絶大なものがあった。

確かに、大川は本来社長の器ではない。三宅にもそれは分っていた。

だからこそ、自分のウエイトを大きくできるし、もし大川が早めに引退すれば、社長のポストも、と思っていた。

ところが――このところ大川はツイていない。社長になって初めて、ということは、轟の時代から手がけたのではない、独自のプロジェクトが、すっかり行き詰ってしまったのだ。

当面は現状を凍結して、様子を見る、と、重役会では語ったが、事実上、プロジェクトは中止せざるを得ないのだということを、誰もが知っていた。

ただ、大川の面子《メンツ》にかけて、すぐにやめるわけにはいかないのである。損失は、億ではすまない、十億の単位になるかもしれない。決して大企業とはいえないのだ。大きな痛手である。

株主からの追及も、ないとは思えない。

大川はひどく苛立ち、せっかくうまく運びかけていた他社との提携の話も、ささいな手違いを、カンカンに怒り、相手の社長を怒鳴りつけて、ご破算にしてしまった。

——三宅が、事態の深刻さを認めざるを得なくなったのは、その一件からだ。

一方で、倉田は、社員の中と、外から引き抜いた、五人の優秀なチームを作って、次々に新しい企画を立てて来る。

もちろん、社内や、重役会での勢力分野ということからいえば、大川の方が圧倒的に大きい。

しかし——大川のようなタイプの人間は、崩れ始めると早い。それは、三宅だけでなく、他の重役たちも分っているだろう。

そうなれば、早々に大川には見切りをつけて、倉田へ接近しようとする人間も出て来よう。いや、もう一人や二人、いてもおかしくない。

そんな話が広まれば、誰もが「船に乗り遅れないように」、次々に倉田へ走るのは、目に見えている……。

三宅としては、負け犬と最後まで行動を共にする気はない。その一点は、はっきりしていた……。

問題は、どの時点で、一歩を踏み出すか、である。早まれば、大川に知れて、どんな報《ほう》復《ふく》を受けるか分らない。

出遅れたら、倉田のブレーンとして止《とど》まることもむずかしくなるだろう。

年内一杯、様子をみるか……。それでは遅すぎるだろうか？

三宅は、悩んでいたのである……。

「お客さん」

運転手の声で、ハッと我に返る。「この辺ですか？」

外を見て、三宅は、

「ここでいい」

と、あわてて言った。

ちょうど、女と待ち合せたホテルの前だったのだ。

料金を払って、降りようとすると、

「ま、頑張んな」

と、運転手が言った。

――苦笑しながら、三宅はホテルへと入って行く。

女は、もう部屋で待っていた。

ドアをノックすると、すぐに開いて、

「早かったでしょ」

と、山崎安代が言った。

「そうだな」

三宅は、ドアを閉め、「子供は？」

「大丈夫。預けて来たわ。夜までに迎えに行けばいいの」

「そうか」

三宅は、上衣を脱いだ。「ゆっくりできるな」

「そうよ」

山崎安代は、三宅のネクタイを、もどかしいように外して、「待ち切れないくらいだったのよ」

「おい……。のんびりしよう。おい――」

三宅は、ベッドの上に押し倒されてしまった。

「やれやれ……」

と、大沢は呟いた。「さて、どうしたもんかな」

手には、小型のカメラがある。

ホテルを見上げて、少し迷っていた。出て来るまで待つかどうか……。

入るところを撮っただけでも充分だとは思うが、できることなら出るところも、撮っておきたい。

元刑事の、習性というものだろう。

といって——一時間は、少なくともかかるだろうし……。

せっかくの日曜日だ。バイトとはいえ、一日、まるごと潰すのも、面白くない。

「——ま、いいか」

どうせ、ぶらついていても、むだ金をつかうだけだ。

大沢は、やっと少し、金をためるという快感を覚えたところだった。

ホテルの入口が見える喫茶店に入ると、窓際の席に座る。

「ミルクをくれ」

と、大沢は言った。

体のことを考えて、このところ、コーヒーもやめていた。

大沢は、ウェイトレスに、

「新聞ある？」

と、訊いた。

「はい」

ウェイトレスは、水のコップを置いて、戻って行く。大沢は、三宅が入って行ったホテルへと目をやった。

いやがっていた山崎安代が、どうして気が変ったのか、大沢には不思議だった。しかも、このところ、明らかに、女の方が、積極的に三宅を誘っている。

もちろん、そんなこともないではない。本気で女の方が惚れてしまった、ということもある。

しかし、三宅はただの遊びのつもりである。もし、女が本気になり過ぎたら……。三宅にとっては、少々厄介なことになるかもしれないな、と大沢は思った。

「どうぞ」

新聞が、目の前に置かれて――その女は、向い合った席に座った。

「――何の用だい？」

「あら、ご挨拶ね」

待てよ。――見たことのある顔だ。

「ああ！　君は――」

「思い出した？」

「栗山由紀……だったかな」

「そう。倉田さんのお友だち。あなたが密告したせいで、哀れな恋人たちは、涙ながらに別れなくちゃならなかったのよ」

栗山由紀の言い方は、いかにも冗談だった。

「そんな風に見えないね。――根本さんに聞いたのか」

「あなたのこと？――半分はね」

「半分？」

「情報の出所は、極秘。――あ、コーヒーちょうだい」

由紀は、楽しげに、「今日もお仕事？」

「いや……。別に」

「隠すことないわ」

と、由紀はニッコリ笑って、「三宅専務を待ってるんでしょ？　あのホテルから出て来るところを」

大沢は、びっくりした。

「どうして、そんなこと知ってるんだ」

「簡単よ。あなたを尾行して来たの」

「何だって？」

「朝からずっと。――気が付かなかった？　私の腕も悪くないわね」

大沢は、呆れて由紀を見ていたが、やがて苦笑した。

「元刑事が尾行されちゃ、困ったもんだな。いや、参ったよ」

「いいえ、いい勉強になったわ」

由紀は真面目《まじめ》くさった顔で言った。「ずっと待ってるの？」

「出て来るまでだ」

「どれくらいかかりそう？」

「このところの平均時間だと、二時間かな」

「ふーん」

由紀は、ホテルの方へチラッと目をやってから、「二時間ありゃ、充分でしょ」

「何が？」

「あなたの話を聞くのに」

「何の話を？」

コーヒーが来た。由紀は一口飲んでから、

「――知ってるでしょ。倉田さんの住んでた団地で、殺人があったの」

「うん。物騒だというんで、引越したんだろう。奥さんの実家へ」

「殺されたのは、北畑圭子って女。それから、女の子が一人……」

「ひどい話だ。変質者だろうな」

と、大沢は肯いて、言った。

「女子中学生が刺し殺された事件を憶えてる？」

大沢は、眉を寄せた。

「何だって？」

「十五年前」

大沢は、由紀をしばらく眺めていた。

「──君は何のことを言ってるんだ？」

「轟淳子──今の倉田淳子さんを巻き込んだ殺人事件があったでしょ。十五年前に」

大沢は、ゆっくり肯いた。

「確かに」

「そのことを聞きたいの」

「どうして？」

「話して」

と、由紀は言った。「どうしても。必要なの。ただの好奇心からじゃないのよ」

「十五年だよ。──殺人も時効になる時間だ。今さら──」

「今、必要なのよ」

と、由紀は強調した。「──沼原昭子って知ってる？」

「沼原昭子……。ああ、思い出した。あの時殺された画家だろ」

「団地でこの間殺された北畑圭子は、沼原昭子の友だちだったのよ」

大沢は啞然とした。

「どうして知ってる?」

「古い新聞に出ていたわ。北畑圭子は、沼原昭子が殺される少し前、軽井沢のホテルで、彼女に会ってるのよ」

「それが――」

「その女性が、轟淳子のいる団地で、殺されたのよ」

「何か関係があるとでも?」

「分らないわ。でも、それを確かめるためにも、あなたの話を聞きたいの」

大沢は、ミルクを、ゆっくりと飲んだ。

「――どうしてそんなことに興味を持ったんだ?」

「友情」

「友情?」

「仲のいい友だちのため」

もちろん、由紀が言っているのは、倉田成美のことである。

「あなた、刑事だったころに、倉田淳子さんを知っていたんでしょ?」

「知ってたといっても……。格別によく知っていたわけじゃない」

「でも、女子中学生が刺殺された事件、画商の中路が、結局首を吊って死んだこと……」

「そこまで調べたのか」

「新聞からの知識よ」

と、由紀は言った。「話してくれる?」

大沢は、由紀のことが、何だか知らないが、気に入っていた。

若いころの自分のよう……。いや、それだけじゃない。

誰かに似ている。――誰だったろう?

「――そうか」

と、大沢は肯いた。

「なに?」

「いや……。君は、昔、僕が知っていた女性に似てる」

「恋人?」

「とんでもない。――君が聞きたがっていることを、話してくれた女性だ」

「じゃ、事件と係りのあった人?」

「そうだ」

「何ていう人?」

「布川――爽子だ」

「布川爽子……。その人は、今どうしてるの?」

「死んだよ。十五年前に」

由紀は、座り直した。

「いいだろう」

と、大沢は肯いて、「少し、思い出すのに手間取るかもしれないが、話してみよう」

「これ、役に立つかしら」

由紀は、バッグから、大判の封筒を出した。「事件に関係のある記事の切抜き」

「手回しがいいな」

大沢は、笑って、中の切抜きを、取り出した。

――眺めるだけのつもりだった。

しかし、大沢は、一つ一つを手に取って、目を通さないわけにはいかなくなってしまった。読みたかったわけではない。

過去が、大沢を呼んでいるかのようだった。――若い日々、軽井沢の空っぽの山荘で、布川爽子から話を聞いたこと、二人で、山荘の中で、似顔絵を捜したこと……。

それは目に痛いようなまぶしさで、大沢の内に、よみがえって来た。

ふと、大沢は目に涙が浮んでいるのを覚えて、うろたえた。あわてて頭を振ると、

「ちょっと失礼——ごみが入ったようだ」

と、ハンカチを——。

畜生！　ハンカチを忘れた！

「どうぞ」

由紀が、ハンカチを差し出す。

「いや、すまん」

大沢は、赤くなった。「——ごまかしてもしょうがないな。つい、泣けて来たんだよ。年齢《とし》だね」

「そういう中年って、好きよ」

由紀があっさりと言った。

大沢は、ちょっと笑った。

「——いや、これを読むと懐しい。思い出して来たよ。しかし、これには入っていない事件も一つある」

「さっき言った——布川さんという人のこと？」

「それは事故だったんだ」

そう言ってから、大沢はふと、「本当に事故だったのかな」

と、呟いた。

「ドライブの途中、一休みして、崖っぷちへ歩いて行ってね……。夜だった。足を滑らせて落ちたんだ」

「どんな事故?」

「まあ。でも——誰かに突き落とされたとしたら……」

「可能性はある。しかし、そうなると、あの一連の事件が、全部違った顔を見せて来ることになる」

「じゃ、もう一つの事件って?」

「元、刑事の宮本という男だ」

「元刑事?」

「ああ。ちょうど今の僕のようなもんさ。——そう。立場も似ている」

「というと?」

「その宮本も、轟倉庫の警備に雇われていたのさ」

そう考えてみると、全く奇妙な縁だ。今さらのように、大沢は思った。

「——初めから話そう」

と、大沢は言った。「ある若い刑事が殉職したことから始まるんだ」

21　狂った時間

「いやに機嫌がいいじゃないか」

と、三宅は言った。

「そうよ。こんなにいい気持だったこと、ないわ」

山崎安代は、ベッドで、裸の肩を自分で抱きしめるようにしながら、言った。

三宅が、服を着始めると、山崎安代は、

「本当に、もう行かなきゃいけないの？」

と、訊いた。

「もう二時間たってるよ。人に会うことになってるんだ」

「そう……」

安代は、少しがっかりしたように、「せっかく、あの子も預けて、ゆっくりできると思ってたのに……」

「また今度ってこともあるさ」

と、三宅は笑って、言った。「ゆっくりして行けよ。どうせ部屋代は払ってある」

実のところ、この後の予定というのは、嘘だった。

三宅は、すっかり参っていたのだ。

今日の安代はどうかしてる、と三宅は思った。いつもとは別人のようにしつこく、夢中で三宅を求めて来た。

確かに、三宅も女に迫られれば、そう悪い気はしない。しかし、何といっても、二十代の若者とは違うのだ。

これじゃ、腰を痛めちゃうよ、と内心、ため息をついた……。

「そうね」

安代は、枕に頭を半分埋めて、大きく息をついた。

「また今度、ね……」

三宅は、上衣から札入れを出すと、何枚か一万円札を抜いて、安代のバッグの下に置いた。いつもそうしているのである。

「じゃ、また電話してね」

と、安代は言った。

「ああ、そうするよ」

三宅は、忘れ物がないか、部屋の中を見回した。――いいだろう。

「じゃ、また」

三宅は手を上げて、ドアの方へと歩いて行った。

「またね……」

安代は、少しまどろんでいる様子で、「あの話は今度、ゆっくりね……」

と、言った。

三宅は、ドアを開けようとして、振り向いた。

「あの話？」

「そう……。この前、言ってたことよ」

三宅は、思い当らなかった。

ま、いい。――何か買ってやるとか、約束したんだったかな。それとも外国のバッグとか……。

この次には忘れてるかもしれない。

三宅はドアを開けようとした。

「――何だったかな。この前のことって」

「いいわよ、この次で。急ぐんでしょ」

眠そうな声である。

しかし、三宅は、気になった。

「言ってくれ。思い出せない」

と、ベッドの方へ戻って行く。

「何よ、いやねえ」

と、安代は目を開けて、笑った。「そんなに心配しなくたって……」

「いやなんだよ、何となく気になってるってのは」

「忘れてるわけないわよ。あんな大事なことを」

「大事なこと？」

「そう。――あなたが奥さんと別れて、私と結婚してくれるってこと」

三宅は、唖然とした。

「――何だって？」

「子供も、自分の子として認めてくれるって……。嬉しくて、眠れなかったわ、あの夜は」

三宅は、じっと安代を見つめた。

「――あなたがああ言ってくれても、私、なかなか信じられなかった……。でも、あなたは誓ってくれたわ。本当に嬉しかった。ありがたくて……涙が出たのよ」

安代は、じっと天井へ目をやっている。

その目に、涙が浮んでいた。

「そんなすぐには結婚なんて……。ねえ、私も考えたんだけど、半年は待った方がいいと思うの」

「待つ？」

「そう。奥さんと別れてから。人の口って、色々うるさいのよ。そりゃあ、愛し合ってるんだし、人がとやかく言おうと、関係ないけど……。でも、やっぱりあなたも、社内の立場ってものがあるでしょう」

「ああ……」

「だから、半年はね……。それから私たち、子供を作りましょうね」

安代は微笑した。「新しい人生……。そうだわ。私たちの人生よ。——私を馬鹿にして来た人間を、見返してやるわ。どう、これが私の夫よ、って……」

安代は、目を閉じた。

「もう……誰にも言わせない……。私のこと、おかしいだなんて……。もう……二度と……」

安代は眠り込んだ様子だった。

——三宅は、ソファまで、やっと行きついて、よろけながら、腰をおろした。

顔から血の気がひいていた。

安代は、冗談であんなことを言ったのではない。どう見ても、真剣だった。

それも、心から、信じているのだ。あの言葉を、三宅から聞いたと信じている……。

何てことだ！——この女は狂ってる！

おそらく……おそらく、轟の子供、というのも、この女の妄想なのだろう。

本当に、それが轟の子だと信じている。——何てことだ！

俺は……俺は何という女と関係を持ってしまったのか……。

これで終るだろうか？　二度と三宅が連絡しなければ。

いやいや、そんなことはない。こういう女は……。

裏切られたと思えば——当人はそう信じ切っているのだから——仕返ししてやろうとするかもしれない。

三宅は、そろそろと立ち上ると、ドアの方へ歩いて行った。

ドアを開けると、

「あなた……」

と、安代が呟くのが聞こえた。

三宅はギョッとした。——しかし、これは寝言だったようだ。

三宅は、外へ出て、ドアを閉めた。

手に、汗がにじんでいた。

「――じゃ、中路という画商が、その宮本という人も、殺したの」

と、由紀は言った。

「そういうことになっている」

と、大沢は肯いた。

「沼原昭子は、その女子中学生が刺し殺された時、誰か犯人らしい人間の似顔絵を描いた……。その事件を調べていたのが宮本という刑事で――」

「布川爽子は、その相棒の刑事の恋人だった」

「その刑事が殉職して、宮本はそれがきっかけで、刑事を辞めたのね。それで、布川爽子は責任を感じて、友だちの轟淳子を介して、轟倉庫の警備の仕事を紹介した……」

「ところが、そこで宮本は墜落死したんだ」

「倉庫の中で、ね。――中路という画商が、沼原昭子、轟淳子の二人を、愛人にしていた……。そして、沼原昭子は、宮本の事件をきっかけに、あの夜描いた似顔絵を捜しに行った」

「その中路に、軽井沢の別荘で、沼原昭子は殺されたんだ」

「布川爽子は、命からがら逃げて、他の別荘へ逃げ込み、警察を呼んだ。警官と一緒に駆けつけてみると、轟淳子は、手足を縛られていて、中路は首を吊って死んでいた。――そうね？」

「その通り」

「ああ、その時に、轟淳子の婚約者だった男も、殺された、と」

「うん。──全く大変な事件だった」

と、大沢は言った。「もちろん、僕が係り合ったのは、そのおしまいの方だけだったわけだが」

「でも──その布川爽子さんという人は、中路が犯人だと思っていなかったわけでしょう？」

「確信はなかっただろうが、疑問は持っていたんだろうね。だから、もう一度、似顔絵があるかもしれない、と別荘を捜しに来たんだ」

「本当の犯人の似顔絵がね」

「それを、僕も手伝った。しかし結局、見付かった絵は、何だか分らなくなってしまっていたんだよ」

「でも、隠してあったんでしょ？」

「そうだ」

「ということは──警察が見付けた中路の絵とは別の人間の絵だった、ってことじゃないの？」

「だとしても、誰かは分らないよ。それに──もう十五年たった」

「十五年……」

「時効だ。今、真犯人がもし現われたとしても、罪には問われない」

「でも——」

と、由紀は言った。「殺された人にとっては……。その家族や兄弟にとっては、本当の犯人が他にいるとしたら、知りたいと思うんじゃないかしら」

「どうかな」

と、大沢は首を振った。「十五年は長いよ。人間、いやな思い出には、触れたくないものだ。たとえ被害者でもね」

「そんなものかしら」

と、由紀は肯いた。「でも、もし、真犯人が他にいて、それを誰かが知っている、としたら……」

「つまり、今度の事件が、それにつながっている、と？」

「可能性ね」

由紀は、あの成美の所へ来た、〈お前の母さんは、人殺し〉という手紙のことは、大沢に話さなかった。

そこまで大沢を信じていいものかどうか。それに、成美は、母親を守りたいのだ。その気持で、由紀にすべてを打ち明けてくれたのである。

その成美の信頼を、裏切ることは、できなかった。

しかし、あの手紙の通り、轟親子が、殺人犯だとして、誰がそれを告発しようとしているのだろう?

当り前に考えれば、被害者の家族、恋人、というところだが……。

布川爽子、沼原昭子、八代という男、それに――宮本という元刑事。

それぞれの家族や恋人などを、いちいち調べては歩けない。

それに、過去の罪を告発しようとする人間が、自ら人を殺すだろうか?

すると――北畑圭子はなぜ殺されたのか。そして、幼い子供にまで魔の手を伸したのは、誰なのか。

分らなくなって来る。

「――何を考え込んでるんだい?」

と、大沢は訊いた。

「色々と」

由紀は微笑んで、「ありがとう。――お話を聞いて、やっと全体がつかめたわ」

「いや、こっちこそ、タイムマシンにのったようだったよ」

由紀は、腕時計を見て、

「二時間たったわね」

と、言った。

「そろそろかな。——しかし、三宅って奴も、全く手の早い男だよ」

「ああいうのは、女子中学生を刺し殺したりしないわね」

「そういうタイプじゃないね。しかし……」

大沢は、由紀を見て、「用心するんだよ、君も」

と、言った。

「え？」

「君が、過去の事件の真相を探る。——もし、君が真犯人を探り当てたとする」

「運が良きゃね」

「もちろん、その犯人は、逮捕され、刑務所へ入ることはない。当人も、それは知っているだろう。だが、社会的に殺される、ということがある」

「つまり——」

「本当の犯人は誰か、公表されたら……。社会生命を絶たれることがあり得る」

「分るわ」

「それを避けるためなら、その犯人は、君の口をふさぐこともやりかねない」

由紀は、ちょっと目を見開いた。

「私を殺す？」

「かもしれない。——僕も、君に死なれたくない。まして自分がその手伝いをしたなんて言われたくない」

「分るわ」

「いいね。だから、充分に気を付けて」

「ええ」

「もし良かったら……僕も力になる。元刑事だ。少しは身を守る方法も知ってる」

「ありがとう」

由紀は、微笑んで、大沢の手を握った。「ありがとう、嬉しいわ」

「おやおや」

大沢は少し顔を赤らめた。「今日はツイてるな」

——すると、大沢の目がパッと外へ向いた。

「出て来たぞ」

「三宅が？」

——大沢は立ち上っていた。

「様子がおかしいな」

「ひどくあわててるわね」

「何かあったらしい。僕は尾行するよ」

「分ったわ。払っておくから、ご心配なく」

大沢は、肯いて、大股に店から出て行った……。

22　前奏曲

「金曜の夜？」

と、倉田は顔を上げて、根本を見た。

「そうです。何しろ相手は忙しい人物ですからね。これを逃したら、次はいつ捕まるか分りませんよ」

根本はそう強調して、「何かご予定でも？」

「いや……」

倉田は、ナイフとフォークをまた動かしながら、言った。「実はこの週末に家族で軽井沢へ行こうと思ってましてね」

「そりゃ結構ですね」

「成美の小学校が、土曜日、創立記念日で休みだというんでね。本当は先週行こうと思ってたんですよ。でも、土日の一泊よりは、一週のばせば二泊できる、というんでね」

「じゃ、金曜の夜から？」

「そのつもりで――。しかし、いいですよ。僕は夜中に車で行くから」

倉田は、根本と昼食を取っているところだった。

会社から歩いて十分ほどのビルの地下にある、高級フランス料理店。個室なので、人に話を聞かれる心配はない。

時々、ここで昼食をとりながら、倉田と根本は打ち合せをする。別に、豪華な昼食を食べたい、というわけではないのだが、たまにこんな所で、一時間かけてのんびり昼を過すのも、悪くない。

「しかし、偉いですね」

と、根本は言った。

「何です?」

「いや、仕事、仕事で、家のことなど見向きもしない、という人が多いですからね」

根本は、倉田が栗山由紀と浮気していることを知っている。しかし、同時に倉田が妻の淳子や子供たちを大切にしているのも、よく分っているのである。

だから、この言葉は、決して皮肉というわけではない。

「色々ありましたからね。――犯人も一向に捕まらないし」

と、倉田は首を振って言った。

「もし何なら、金曜の会食をのばしますか」

「いや、大丈夫。夜中遅くにでも、軽井沢へ着けばいいんですから」

——二人はしばらく黙って食事をつづけていた。

メインの料理がすんで、ウェイターが皿を下げに来ると、

「ここへ呼んでくれ」

と、根本が言った。

「——誰か来るんですか？」

と、倉田が意外そうに言った。

「ええ。ご心配なく。こっちの味方です」

根本は微笑んで、「デザートだけ、ご一緒に」

「誰です？」

個室のドアが開いて、おずおずと覗いた顔がある。

「やあ、あなたは——」

「大沢さん、入って下さい」

と、根本が言った。「待たせて悪かったですね」

「いや、とんでもない」

大沢は、何だか落ちつかない様子で入って来た。

「こんな店は慣れないもので、どうも……」

「デザートは旨いですよ」

と、根本は言った。「コーヒーで？」

「ええ」

「じゃ、今日のデザートとコーヒーを三つ」

根本は、ウェイターに言った。

倉田も、大沢のことは知っている。淳子が昔、何かで会ったことのある刑事だということは。

しかし、その大沢がなぜこの席へ来たのか、さっぱり分らなかった。

「倉田さん」

と、根本が言った。「実は、私の一存で、大沢さんに、色々情報収集を頼んでいましてね」

「情報？」

「大川社長や専務の三宅の身辺を、探ってもらっています。いざという時の切り札は多い方がいい」

「そりゃあ……。ご苦労様」

倉田の方は、呆気に取られていた。

「大川社長の女関係、三宅専務の、新入社員との情事など、色々面白い情報が集まっています。さすがに元刑事さんでして」

「いえいえ」

と、大沢は照れている。

「ところで、倉田さん、山崎安代という女のことをご存知ですか」

「山崎……」

倉田は眉を寄せた。「聞いたことがあるような……」

「轟さんの愛人だった、と自称しているんですがね」

「ああ！――思い出した。いつか淳子が言ってました。義父《ちち》の部屋を整理してて、その女の手紙が出て来たとか」

「ほう。それは奥さんから、直接うかがったほうがいいようですね」

「そうして下さい。僕も詳しいことは知りません」

と、倉田は言って、「しかし――どうして根本さん、その女のことを？」

「実はね、その山崎安代が、三宅に何とかしてくれと言って来て、それがきっかけで、二人は関係を持ったらしいんです」

「へえ！」

「二人の仲はこのところ、休日にはたいていい都内のホテルで半日くらい過す、というところまで来ています。ところが――」

根本が、大沢を見る。

「どうも妙です」

と、大沢は言った。「三宅さんが、えらく取り乱している」

「そういえば――」

と、倉田は思い付いて、「この二日ほど、三宅さん、休んでるでしょう」

「そうなんです」

と、根本は肯いた。「昨日は重役会だったのに、それも欠席。――どう思います？」

「さあ……」

倉田は、一向に想像力が働かない。

「困っているんですよ」

と、大沢が言った。「当ってみました。あの山崎安代という女、近所でも、付合う人がいないんです」

「どうして？」

「妄想癖があるんですよ。――有名人の誰それと仲がいいとか、恋人だとか、この前、二人でホテルに行ったとか……。嘘つき、というわけじゃないんです。当人はそう信じているんですから」

「すると、轟さんのことも――」

「おそらく、彼女の妄想でしょう」

と、大沢は肯いた。「そして今は、三宅を相手に選んでいる……」

「なるほど」

倉田は肯いた。「そういう人は怖いですね」

「そう。――結婚の約束をしてくれた、とか本気で信じ込んでいますからね」

根本は、そう言って、大沢の方へ、「三宅専務の家の様子は？」

と、訊いた。

「今のところは、変りないようです。しかし、ご主人の浮気は、奥さんもよく知っているようで、そのことだけで、決定的な破局になるとは思えません。奥さんの方にも男がいるんです」

「いい勝負ってわけか」

と、根本が苦笑した。

デザートが来て、話は一時中断した。

「――根本さん」

と、倉田は言った。「しかし、専務や社長の、そんなことを調べて、どうするんですか？」

「抵抗がありますか？」

「いや――」

倉田は、そう言いかけて、「まあ、多少はね」

「分ります。そこが倉田さんのいいところですよ。まあ、裏の方は私に任せておいて下さい」

根本は、優しい口調で言った。――倉田は、根本の穏やかな表情の奥に、そんな顔が隠れていようとは、今まで思ってもみなかったのだ……。

「いや、旨いな。甘いものなんて、めったに食べんのですがね」

と、大沢は、感心した様子。「――三宅さんが休んでいるのは、山崎安代から会社へ電話がかかっているからですよ」

「ほう。どうしてそれが？」

「交換手の子と、親しくしているので」

と、大沢は言った。「このところ、毎日、午前と午後、決った時間に、三宅さんあてに女から電話がかかるそうです。――大体何時とかいうのなら、まだ分るでしょう？　ところが、十時三十分と、午後は三時十五分だそうです。一分たりと違わない、と言うんですよ。外線は記録を取ってるから、分るんだそうです」

「気味が悪いな、ぴったり同じ時間というのも」

「そうでしょう？　やはり、まともでない証拠ですよ。しかも、交換手が『三宅は休んでおります』と答えると、必ず、『では、自宅の電話番号を教えて下さい』と言うんだそうです」

「それで？」

「もちろん、交換手は断ります。すると、すぐに『分りました』と言って切る、拍子抜けするぐらいにね」

「それを毎回？　交換手もゾッとするでしょうね」

と、根本が言った。

「交換手の口から、もう女子社員の間では、噂になり始めていますよ」

「なるほど」

根本は、ゆっくりとコーヒーを飲んだ。「――倉田さん。これはもしかすると、三宅専務にとって命取りになるかもしれませんよ」

「女が会社へじかにやって来たりしたら……」

「問題ですね」

根本は肯いて、「大沢さん、忙しいのにすみませんが、その女に、誰か見張りをつけてくれませんか。動きをつかんでおきたい」

「承知しました。知っている者を使いましょう。経費は充分いただいています」

「二つ、道はあると思います」

と、根本は倉田に言った。「三宅専務が消えて、大川社長の力を弱めるか、逆に、三宅専務を助けるか」

「助ける？」

「その女のことを解決してやるのです。三宅専務はこっちに頭が上らなくなる」

「なるほど」

「どっちを選ぶか。――まあ、三宅専務に、どれくらいの価値があるか、によって決りますね。軽井沢ででも、考えていらして下さい」

するとと大沢が、

「軽井沢？」

と、訊き返した。「軽井沢へ行かれるんですか」

「ええ、この金曜日からね」

と、倉田は言った。

「奥様もですか」

「もちろん、一家で、です」

「そうですか」

「何か、それが――」

「いや……。もう寒いでしょうし、奥さんはいやがられるかと思って……」

「却って、空いてていい、と言ってますよ」

「そうですか」

大沢は肯いた。「確かにそれはそうですね。ホテルにお泊りで？」

「ええ、Mホテルにね。夏は混んで大変なようですが、今はすぐ部屋が取れます」

「お楽しみですね。家庭というのはいいものだ」

大沢は、ややオーバーに、楽しげな様子をして見せていた。


なぜ電話の一本も入れてから来なかったのだろう？

小さな画廊は、表から見ても明りが消えて、人の気配がなかった。呼び鈴を押そうとしてためらったのは、この前ここに来た時のことを、思い出してしまったからだろう。

しかし、時間がなかった。前のように、あの団地まで帰るわけではないのだから、と思って、昼から出て来たのだが、成美はともかく、美樹の帰りは早いのだ。

留守ならすぐに帰ろう、と決めて、淳子は呼び鈴を鳴らした。――二度、三度、と押してみる。

今日は、本当に津村も留守のようだ。この前のように、若い女が出て来る、ということもなかった。

がっかりしたような、ホッとしたような、妙な気分だった。――ともかく、今日は引き上げよう。

歩きかけると、狭い道を、赤い外車がやって来るのが目に入った。わきへ身を寄せて車をやり過そうとすると、車は淳子の目の前で停って、窓ガラスが下りた。

「やあ、轟さんじゃありませんか」

津村が顔を出した。

轟、という名で呼ばれて、一瞬、ドキッとした。

「いや、失礼。――ええっと、何とおっしゃいましたっけね」

「倉田です」

と、淳子は言った。「でも、轟で結構ですわ」

「そうそう。倉田さん、だった。――私の所へ？　そうですか。出かけていましてね」

「近くへ来る用事がありまして、ついでにお寄りしたんです。お忙しいんでしょうし――」

「いやいや、構いません。ちょっと待っていて下さい。この車を入れて戻ります。あの玄関の前でお待ち下さい」

「はあ……」

淳子は、ためらった。長くならないようにしなければ――。

津村は、すぐに淳子を中へ入れてくれた。

飲物でも、というすすめを断って、

「あの——いつぞやの、沼原昭子さんの——」

「ああ、例の協力者のことですね。あなたのことは伝えましたよ」

津村は、モダンなデザインの椅子に、軽く腰をおろして、言った。

「で、何かおっしゃっていましたか」

「あちらも、あなたの名前は知っていたようで、一度会ってもいい、ということでした」

「そうですか」

淳子は、鼓動が高まるのを感じた。

「今週の末はいかがです。もしよろしければご一緒に——」

「週末ですか……」

「何かご都合が?」

「ちょっと——家族で軽井沢へ行くことにしていまして」

「ほう。ちょうど静かになって、いい季節ですね」

と、津村は肯いた。「あちらの都合をもう一度訊いてみましょう。——お待ち下さい」

津村は次の部屋へ入って行き、ドアを閉めた。

淳子は、息をついた。——もちろん、沼原昭子のことも、ここへ来た一つの理由だったが、実は、もう一つ、もっと大きな理由があることを、自分ではよく分っていた。

津村がドアを開けて、顔を出すと、

「いつから、どこにお泊りです？」

と、訊いた。

「え……。あの――Mホテルに、金曜の夜から」

「分りました」

またドアが閉った。――しかし、すぐに津村は戻って来た。

「あちらも、軽井沢にご用があるそうで、向うでお目にかかりたいということでした」

「まあ」

「ホテルへお訪ねするということでしたよ」

「で――何という方なんでしょうか」

「その点は、じかにお目にかかってから、と――」

津村はニヤリと笑って、「まあ、絵の愛好家には、ちょっと変った人間が多いですからね」

「分りました。じゃ、ホテルでお待ちしていればよろしいんですね」

と、淳子は肯いた。「お忙しいところを、どうも――」

「ところで、どうです。新作の方は？」

「ええ……」

淳子は目を伏せた。

「かなりの自信作、と見ましたがね」

「自信なんて、とても……」

と、淳子は微笑んだ。「ただ――飾りものでない、本当の自分の絵です。他の方がどうご覧になるかはともかく……」

「ぜひ拝見したい」

「そのために軽井沢へ参りますの」

「ほう」

と、津村は興味を持った様子で、「軽井沢の風景ですか」

「そういうわけではありません。人物画ですから。ただ――私の記憶が、あの地の空気に結びついていて、あそこへ行かないと、仕上らないのです」

「なるほど。いや、ますます面白くなりそうだ」

「行ってみても、何も変らないかもしれません。でも、その絵を、あの冷たい空気に触れさせるだけでも……。それで絵は仕上るかもしれません」

「面白い」

津村は、立ち上った。

淳子は、画廊を出て、礼を言った。

「――私も、できたらうかがいますよ」

と、津村は言った。

「ええ。お待ちしていますわ」

淳子はそう言った。——待つ。誰を？

本当は、誰を待っているのだろう？

淳子は、そう自分へ問いかけていた。


「——もしもし」

「あら、大沢さんね」

と、栗山由紀は言った。

これでも、人の声を憶えるのは得意である。

「まだ眠ってたのかな」

「失礼ね。もう外出して戻って来たのよ」

「そりゃ失礼」

と、大沢は笑った。「まだ探偵さんは続けているのかい？」

「新聞を見たわ」

と、由紀は、受話器を手に、ベッドに引っくり返った。「宮本って人の事故死、それから、布川爽子って人の、死んだ事情も」

「やれやれ。命を大切にしてくれよ」

「何か？」

「実はね」

と、大沢は言った。「この週末に、例の倉田さんの一家が軽井沢へ行く」

「軽井沢？」

「そうだ。――訊いてみたが、あの淳子という奥さんも、喜んでるという。いや、むしろ、彼女が言い出したのかもしれない」

「それが……。そうか」

と、由紀は思い当った。「あの事件が――」

「そうだ。沼原昭子、中路、そして淳子の婚約者。――みんな軽井沢で死んでいる」

「普通なら、そんな所へ行きたがらないでしょうね」

「そうだろう？　どうも気になる」

大沢の声は、沈んでいた。

「何か――起りそう？」

「いや……。そうは言い切れない。もちろんね。元刑事としての勘、なんていっても、どこまであてになるものか、怪しいもんだからな」

「そんなことないと思うわ」

と、由紀は言った。「どう？――何か起りそうだと思う？」

大沢はしばらく黙っていた。そして、

「思うね」

と、答えた……。

「ＯＫ」

由紀は、ベッドに起き上って、「私は、父のベンツを拝借するわ。どこで待ち合せる？」

と、訊いたのだった。

23 深い夜

「分るだろう、淳子」

父が言った。「二度目からは、ずっと気が楽になるんだよ……」

淳子は助手席に座って、車が徐々にスピードを上げて行くのを、体で感じていた。

彼女は、ぎりぎりまで気付かなかった。

彼女――私の親友、爽子。

爽子は崖っぷちに立って、暗い海を覗き込んでいた。

そのまま、何も知らずに、終ってしまっていたら……。しかし、そういうわけにはいかなかったのだ。

夜中で、下手をすれば、淳子と父の乗った車も、崖から落ちてしまう恐れがあったからだ。

父がライトをつけた。振り向いた爽子の顔が、恐怖に歪んだ。

淳子は、あのあと、何日も夢にうなされたものだ。あの、友の顔を、忘れることができなくて……。

爽子は、あの瞬間、すべてを悟ったはずだ。もちろん、爽子には、淳子の顔は見えなかっただろう。ライトを正面から浴びて、視界はただまぶしい光で一杯だったろう。

しかし、分っていたはずだ。誰が自分を殺そうとしているか、を。

あの恐怖に引きつった顔……。今も、淳子は、はっきりと思い出すことができる。

恐怖の中に、哀しみと、憐れみが同居していた。——怒りも？　おそらくは、そうだろう。

親友の手で殺されるという気持は、どんなものだったろうか。

淳子は、しかし、悔まなかった。——父を殺人犯として突き出すわけにはいかなかったのだ。

淳子は、「殺人者」であることを、背負って生きて来た。父がいなくなった今、すべての罪を、自分の肩に担っていた……。

——二度目からは、ずっと楽になる……。

二度目からは……。

あれは誰だろう？——暗やみの中に、誰かが立っていた。背を向けて。

鋭く切り立った断崖の縁から、下を覗き込んでいる。

爽子？　爽子なの？

どかないと。――またあなたを殺してしまうことになるわ。車は止らないのよ。

ライトの中に、その女の後ろ姿は近付いて来た。――さあ！　早くどいて！

三度目になってしまう！

早く！　早く、どいて！

すると――その女が振り向いた。ライトを受けて、ニッコリと笑ったその顔は、娘の成美だった。


「成美！」

と、淳子は叫んだ。

「ママ、どうしたの？」

と、成美が、淳子の肩をつかむ。

「おい、大丈夫か？」

と、倉田が車を運転しながら、「どこかに停めるか？」

「――いいえ」

夢か。――夢だったのだ。

「ごめんなさい、びっくりさせて」

淳子は、助手席で、息をついた。

「よっぽど悪い夢でも見たんだな」

と、倉田は言った。

「ちょっとね。――怖い夢を見て」

少し汗をかいていた。

車は、暗い道を右、左とカーブを切りながら走っている。

「あとどのくらい？」

と、淳子は訊いた。

「四十分、かな。――もう空いてるし」

と、倉田は言った。「いや、遅くなっちまったな。やっぱり、お前たちだけで先に行ってれば良かった」

「いいわよ。どうせ眠るだけなんだもの」

倉田が、大切な相手と会って、後から一人で行くと言うのを、待って一緒に行くことにしたのは、淳子の方だ。

「あなた、大丈夫？　運転してて、疲れない？」

「ストレス解消さ。混んでるといやになるが、これだけスイスイ走れれば、いい気分だ」

「それならいいけど……」

淳子は、後ろの座席を振り向いた。

下の美樹は、ぐっすりと眠り込んでしまっている。

「成美、ごめんね。びっくりして起きちゃった？」

と、淳子は言った。

「ううん。寝てなかったもん」

と、成美は言った。

「そう。――少し目をつぶってた方がいいわよ」

「うん」

成美は肯いて、「ね、ママ」

「なに？」

「明日、自転車に乗っていい？」

「そうね。大丈夫でしょ。パパもきっと付合ってくれるわ」

「やった！」

と、成美は手を打った。

――車は、しばらく山道を辿って走り続けた。

「――絵を持って来たのか」

と、倉田は言った。

「ご心配なく、描《か》かないわ、軽井沢ではね」

「いや、描いたって構わないさ。しかし……。それならどうして持って来たんだ」

「比べたいの」

「比べる？」

「描いたものと、軽井沢の風景と……。それに、画商の人とも会うかもしれないし」

「ああ、そんなことを言ってたな」

と、倉田は言った。「高く売れるようになったら、俺はマネージャーでもやるか」

淳子は、ちょっと笑った。

「――あの山崎安代って女のこと、何か言って来たか？」

「根本さんから？　いいえ。でも、あの手紙は渡しておいたし、こっちはホッとしたわ」

「根本さんに任せておきゃ大丈夫だ」

「そうね。でも、良かった。――もし、本当にお父さんが……。それなら、放っておけないもの」

「何とかなるさ。――やれやれ、やっと峠も終りだ」

「もう少しね」

空気は、夜の暗さの中でも、澄んで、張りつめているのが感じられた。

遠くに見える明り一つ一つが、くっきりと、寒さに浮き出るように鮮明なのだった。

「――ホテルに着いたら、すぐ寝かせなきゃね」

「成美だけすぐに入れて……。美樹はいいわ。せっかく眠ってるし」

「風呂は？」

淳子は、息をついた。――やっと少し落ちついて来ていた。

なぜあんな夢を見たのだろう？

軽井沢……。あの事件の後、淳子は一度も訪れたことがない。

中路の山荘は、どうなったのだろう？

Mホテルから、少し離れているが、行けないほどの距離ではなかった。

あんな所へ――あんなことがあった所へ、誰が二度と……。

淳子は、自分に向ってそう言ってみて、自分が少しも本気でそう思っていないことに気付いた。

そう。――きっと、私はあそこへ行ってみるだろう。

もちろん、十五年という月日がたっているのだ。別荘も、土地も人手に渡り、もとの面影はあるまい。

それでも、淳子は、そこへ行かなくてはならない、と思った。そうしなければ、何も終らない……。

終る？――何が終るというのだろう。

淳子は、闇の中に、遠い過去が近付いて来るのを見たような気がした。

成美は目を覚ました。

めったにないことである。――十二歳の女の子が、夜中にふと目を覚ます、などということは。

軽井沢まで来る車の中で、少し眠っていたせいもあるかもしれない。ママが、急に大きな声で成美の名を呼んだ時には、本当に目が覚めていたのだけれど。

成美は起き上った。目が慣れているので、そう暗いとは感じない。

隣のベッドでは、美樹が眠っている。

ここは、この古い大きなお屋敷みたいなホテルの中でも、とっても高い、立派な部屋なのだそうだ。ベッド――それも凄く大きい――が二つ入った部屋が二つもあって、その他《ほか》に、TVやソファのある部屋もついている。

おかげで、成美と美樹も、大きなベッドを一つずつ占領していられる、というわけだった。これなら、どんなに寝相の悪い成美でも（当人はそう思っていない）、ベッドから落っこちることはない。

隣の部屋では、パパとママが寝ている。

ママは、成美に、

「おやすみ」

を言った後、「今はドアを閉めとくけど後で開けるからね」と、言っていた。

でも、今も二つの部屋の間のドアは、閉じたままになっていた。――きっと、ママが開けるのを忘れたんだ、と成美は思った。

もう時間も遅かったし、ママは寝入ってしまったのだろう。

成美は、ベッドからそっと出ると、スリッパをはいて、ドアの方へと歩いて行った。

ノブを回して、ドアを細く開けると、パパの盛大な寝息が聞こえて来た。

成美は、ママのベッドの方へ目をやって、空っぽになっているのを知った。――どこに行ったんだろう？

その部屋を通り抜けると、ソファやTVのある部屋で……。そっちから、明りが洩れて来ている。

ママったら、こんな時間に起きてる。

成美は、部屋を横切って、明りの洩れているドアの隙間から、そっと覗いてみた。

――ママが見えた。

じっと、身動き一つしないで、ソファに座っている。――何してるんだろう？

成美は、ママがまるで彫刻の置物にでもなったような気がした……。

ドアをもう少し開けると――ドアがキーッと音をたてた。ママが振り向く。

「成美。――どうしたの？」

「ううん。ちょっと……」

「目が覚めたの？」

「うん」

成美は、答えながら、ママを見ていなかった。ママの前に立てかけてある、一枚の絵に目が向いていたのだ。

「――いらっしゃい」

ママが手招きした。

成美は、ママの方へ駆けて行って、ぴったりと身を寄せて座った。ママの手が、成美の肩をしっかりと抱いてくれる。

珍しいことだった。――もうすっかり成美も大きくなったし、美樹もいるし、こんな風にママが抱いてくれたことなんか、ここしばらくなかったのだ。

「――あれ、おじいちゃん？」

と、成美は訊いた。

「そうよ」

これが――ずっとママが一生懸命に描いていた絵なのか……。

ちょっと見ると、それはごくありふれたピクニックの絵だった。

木立ちの間に、布を敷いて、何人かが、思い思いに座ったり、寝そべったり、中には立っている者もいるし……。

しかし、成美の目にも、その絵が、どこか変っているということは、分った。

ともかく――ピクニックをするような季節に見えない。

木々はほとんど葉が落ちて裸で震えているし、わずかに枝にしがみついている葉も、茶色く枯れて、今にも落ちそうだ。

それに、木々の枝をすいて覗く空も、灰色に重苦しく、今にも雪が落ちて来そうだった……。

「どう?」

と、ママが言った。

「うん……。上手だね」

成美の言葉に、ママは嬉しそうに笑った。

「ありがとう。――少しはママを見直した?」

でも――本当に、成美はママがこんなに凄くうまい絵を描くなんて、知らなかったのだ。

どこかの美術館にかけてあっても、少しもおかしくない、と成美は思った。

「――他の人は誰なの?」

「ママの知ってる人たちよ。――昔のお友だちとかね」

「ふーん」

おじいちゃんが、真中に、ドッカリと腰をおろしていた。他に、知らない若い女の人が二人……。一人は、絵を描く人らしい。

若い男も一人いる。そして、何だか、お巡《まわ》りさんみたいな服を着た、パパぐらいか、もっと年齢《とし》のいった男もいる。

それから、いやに陰気くさい、年取った男が毛皮のえりのついたコートを着て、立っている。

「あんまり楽しそうなピクニックじゃないね」

と、成美が言うと、

「まあ。分る？――そうね。この人たちはあんまり仲が良くなかったのよ」

とママが言った。

「じゃ、どうして一緒にいるの？」

「そうねえ……。ママの思い出の中で、一緒にいる、ってところかな」

「ふーん」

よく分らないが、ともかく成美は肯いておいた。「ママはいないの？」

「ママ？――そうね。どうしようかと思ったんだけど……」

「ママが入ったら、きっと、もっと楽しい絵になるよ」

「本当ね。そうかもしれないわね」

ママは、成美の頭を軽く撫でて、「じゃ、もう寝ましょ」

「うん」

「ママ、お手洗いに行ってから寝るわ。成美は大丈夫？」

「大丈夫」

「じゃ、待ってて。一緒に行こう」

「うん」

ママがトイレに入ると、成美はその絵の間近に寄って、眺めていた。

すると――後ろの方で、ガサゴソと音がした。

何だろう？

振り返ると、廊下へ出るドアの下に、何か白いものが見える。

タタタ、と足音が、廊下を遠ざかって行った。誰かが、手紙を入れて行ったらしい。

成美はその手紙を拾い上げた。――白い封筒には、何も書いていない。

いやな予感がした。もしかして、これは……。

ママが出て来ないのを確かめてから、成美は封を切った。中の手紙を広げる時、成美はドキドキしていた……。

成美がベッドに入ると、淳子は、毛布をかけてやった。

「おやすみなさい」

と、言うと、

「ママ」

「うん？」

「外国の映画みたいに、キスして」

「まあ」

淳子はちょっと笑った。「――はい」

成美の額にチュッとキスしてやって、

「おやすみなさい」

「おやすみ」

と、成美が目を閉じる。

「ドアを開けとくわね」

「うん」

明りは消えている。――淳子は、ドアを半開きにしておいて、自分のベッドへ戻った。

夫が、大地震が来たって起きるもんか、という様子で、眠っている。

着いたのも遅かったし、明日も泊るのだから、と思ったが、倉田の方が、淳子のベッドへさっさと入って来たのだった。

おかげで、倉田はぐっすり寝入っているが、淳子の方は目が冴えてしまった。起き出して、あの絵を眺めていたのである。

成美が、あの絵にママも入れれば、と言った時、淳子はドキッとした。

もちろん、成美は何気なく言っただけだ。それは分っているのだが……。

しかし、子供の感性というものは、何も分らずに、鋭く、何かを見通すことがある。

——そう。もちろん、成美は知るわけがない。

あの絵に描かれているのが、みんな、死んでしまった人たちばかりだということを。

24　待っていた人

夜が遅かった割には、目覚めは爽やかだった。

美樹が真先に起き出して、まずお姉ちゃんを起し、二人でパパとママを揺さぶり起しに行く、という順序になったが、

「よし！　みんなで朝からお風呂に入ろう！」

というパパの一声で、ワーッと大騒ぎになった……。

「──朝から一風呂っていうのもいいわね」

と、食堂へ下りて、席についた淳子は言った。

「くせになりそうだな」

と、倉田は笑った。「──おい、二人とも飲物は何だ？　ジュースか？」

「ジュース」

と、美樹が手を上げる。

「私、ココア」

成美が、少し大人びたものを頼んで、「取りに行って来ていい？」

バイキング形式なので、子供は面白がる。

「あんまり一杯取って来ないのよ」

と、淳子は二人の背中に声をかけた。

「――行って来ていいぞ」

と、倉田は言った。

「いいわよ。コーヒーを一杯いただいてからで」

「そうだな。急ぐこともない」

と、倉田は肯いた。いいもんだな、人も少ないし」

「ホテルにとっちゃ、あんまり良くないかもしれないけど」

と、淳子は笑った。

「――どうする、これから？」

と、倉田はコーヒーを飲みながら、言った。

「そうね。貸自転車を借りて、少し走ってみるわ。あなたは？」

「一緒に行くさ。せっかくここまで来たんだからな」

トーストをかじっていると、マネージャーがやって来た。

「失礼ですが、倉田様でいらっしゃいますか？」

「そうです」

「お電話が入っております。三宅様から」

「三宅専務か。——何だろう」

倉田は、席を立った。

成美たちがやっと戻って来た。美樹は、色々とのっけた皿を大事そうに捧げ持っていた。

「——パパは？」

と、成美は訊いた。

「今、お電話」

「会社に行くの？」

「さあ……。そんなことにならないといいわね」

と、淳子は言った。「ね、自転車で少し回ってみようね」

——倉田は、食堂の入口の電話に出た。

「倉田です」

「良かった！　いや、軽井沢としか聞いていなかったんでね。そこじゃないかと思って」

三宅は、いやになれなれしい声を出した。

「家族旅行ですから。何か急なご用でなければ、月曜日に——」

「分ってますよ。いや、実は困ったことになってね……」

三宅は怯えている、と倉田は気付いた。

「どうしたんですか、三宅さん？」

と、少し声を低くして訊く。

「いや……。実はね、知ってるでしょう、山崎安代という女」

やはりそうか。

「聞いてます。何でも、義父《ちち》の――」

「ええ、そうなんですよ。ところがね……」

「取り合わなけりゃいいんです。三宅さんがどうしてあの女のことを？」

知らないことにするのだ、と倉田は決めた。

「いや、実は……ちょっと相談にのってやったんです。そしたら、何となくね……」

「――呆れたな。じゃ、その女と？」

「そういうことなんですよ」

「僕におっしゃられても……。それは三宅さんと彼女の間のことでしょう」

「分ってます。そりゃね、分ってるんですが……」

「だったら、どうして？」

少し間があった。それから、三宅は、

「どうしたらいいのか分らないんですよ。力を貸して下さい」

と、呟き込むように言った。

「僕が？」

「あの女がまともでないことを、警察に説明して、何とかしてもらわないと……」

「何かあったんですか」

「電話したんです。穏やかに話して——別れようって。お金も多少用意する、と言って。ところが——相手は泣きわめいて——裏切った。人の心を踏みにじった、というわけです」

「なるほど」

「殺してやる、と言われてね。——どうみても、ありゃ本気です。何とかして下さい！　二人で警察に行って話せば——」

「落ちついて下さい」

と、倉田は言った。「大丈夫ですよ。月曜日にでも、ゆっくりご相談しましょう」

「いや、それじゃ遅い！　あの女の怖さを、あなたは分ってないんです」

「三宅さん——」

「今からそっちへ行きます。ホテルへ行きますから」

「しかし、急にそんな——」

「すぐに出ますから！」

三宅は電話を切ってしまった……。

午前中は、ホテルの周囲を自転車で乗り回している内に、たちまち過ぎてしまった。十二時を少し回ったところで、四人はホテルへ戻った。もちろん、自転車はまだ借りたままだ。

美樹は、まだ補助輪付きの自転車だが、成美に遅れないようにと、必死で頑張っている。

四人でにぎやかにお昼を食べると、倉田は三宅からの伝言を受け取った。

「やれやれ。あと三十分ほどで着くとさ」

と、苦笑い。

「じゃ、ロビーで待っていれば?」

と、淳子は言った。「あなたたち、どうする?」

「私、また自転車に乗る」

と、成美が言うと、

「私も」

と、美樹も主張したが……。

「だめだめ。美樹ちゃんは少しお昼寝しなさい。もう眠そうよ」

不服そうな美樹も、実際、欠伸《あくび》して、トロンとした目になって、おとなしく、淳子に連れられて行く。

「――成美は寝ない?」

階段を上りかけて、淳子が振り向く。

「私、大丈夫。ね、ママはお部屋にいるんでしょ」

成美は、ホテルの玄関の所で、足を止め、

「一人で少し乗って来てもいい?」

「そうね……」

淳子はためらったが、美樹を一人で寝かせてもおけないし、それに、津村の言っていた「謎の協力者」から連絡が入るかもしれない、とも思った。

「じゃ、ホテルの近くだけよ」

と淳子は言った。「迷子になったら大変だから。いいわね?」

「うん」

返事をしながら、もう成美は、ホテルの玄関へと駆け出していた。

「車に気を付けてね!」

淳子の声が耳に入ったかどうか……。

淳子はちょっと笑って、美樹の手を引くと、階段を上って行った。

地図だとすぐ近くなのに——。

成美は、自転車で十五分も走って来て、少し心配になって来ていた。

ママには、ホテルの近くだけ、と言われていたし。でも、仕方ない。

何とか捜して行くしかないんだ。——成美は固く決心していたのである。

それに、大分距離は走って来たが、道はほとんど真直ぐに一本道だったから、帰りに迷う心配はなかった。

少し、午後になって、日がかげった。風も冷たくなって、自転車のスピードを上げると、それだけ体も冷えて来る。

やっぱり寒いんだ、この辺って。

成美は、キュッ、とブレーキをかけて、自転車を止めた。——ここ、かしら?

ジャンパーのポケットから、昨夜の手紙を取り出す。それは、成美に、あの匿名の手紙を書いたのと、同じ人間からに違いなかった。

〈倉田淳子様
十五年前の殺人事件について、お話があります。地図の別荘へ来て下さい。

明日の午後、できるだけ早く。お子さんがおられるから、時間は指定しませんが、必ず来て下さい。

お待ちしています。

あなたの古い友〉

——ママに当てたものだということは、成美にも分っていた。

しかし、前の二つの手紙のことも、成美は黙っていたのだ。今度だって……。

地図は簡単なもので、別荘の番号が、いくつか目印に入っているだけだった。

その一つ一つを、成美はちゃんと確かめて来た。そして、——やっと、目指す場所へ辿り着いたのだった。

これか……。

何だか、古くて、今にも壊れてしまいそうな、別荘だった。もう長いこと使っていないようだ。

成美は、自転車を、柵に立てかけると、低い戸を押して、敷地の中へ入って行った。

ポケットの中に手を入れて、それが入っているのを確かめる。

そう。——ともかく、入ってみなきゃ分らないんだ。

成美は、あのお姉ちゃんがいてくれたら、と思った。でも……これは私たちの問題なんだから。

ポーチに上って、ドアを開ける。きしみながら、ドアはゆっくりと開いた。

——中は、真暗というわけではなかった。もちろん薄暗かったが、窓から弱い光が射して、埃や枯葉のつもった床や階段を照らしていた。窓ガラスが破れて、風が吹き抜けて行く。

誰かいる。――成美はそう感じた。

埃っぽい匂いだけでなく、何かいい匂い――ママのつける香水か化粧品のような匂いがした。

靴のままで、上った。足下を見ると、埃の上に足跡がついている。それはまるで案内の矢印のように、階段から二階へと続いている。

成美は、それを辿って行くことにした。

不思議に、怖いとは思わなかった。――学校で、首を絞められそうになったりしたのに……。でも、あの時だって、痛かったけど、怖くなかったんだ。

階段は、ギイギイと音をたてた。――途中木が腐って、今にも折れそうな段があった。

そっと一段飛ばして、足をのばす。手すりにつかまるのも、却って危いようだった。

やっと二階。――廊下は、埃もあまりなくて、足跡は途切れていた。

成美は、並んだドアの一つ一つを、開けて中を覗いた。

呆気ないくらいだった。――三つ目のドアを開けると、誰かが椅子に座っていた。

成美は、ポカンとして、その人が、椅子から立ち上るのを見ていた。

「――先生」

と、成美は言った。

「待ってたわ」

と、成美の家庭教師、高品浩子は言った。


「分りました」

倉田は、ホテルのフロントで、電話を受けていた。

「——伝えます。どうも」

受話器を置くのと、車がホテルの前に停《と》まるのと、ほとんど同時だった。

三宅が、急いでロビーに入って来る。すぐに倉田を見付けて、やって来た。

「すみませんね、お休みのところ」

「いや、そんなことはいいですよ。——ともかく、こっちへ」

ロビーの椅子へ三宅を案内しながら、ボーイの一人に、「コーヒーを二つ持って来てくれ」

と、頼んだ。

「——いや、参りました！」

三宅は、見るかげもない、というやつれ方だった。

「お疲れのようですね」

「ほとんど眠ってないので……。我ながら、よく事故も起さずに来たと思いますよ」

「その女が、そこまで……？」

「ゆうべも、夜中に電話です。『殺してやる』とか、『半殺しにして、這《は》いずり回らせてやる』とか……。それもね、倉田さん、ごく当り前の——まるでTVの天気予報か何かみたいなしゃべり方なんです。恐ろしくて、冷汗が出る」

コーヒーが来た。三宅は砂糖もクリームも入れずに一気に飲み干してしまった。

「もう一杯？」

「ええ、いただきます」

ボーイがポットを持って来て注《つ》いで行く。それを、倉田はじっと眺めていたが、

「——三宅さん、奥さんのことですが——」

「女房ですか。気味が悪いのでね。昨日から実家へ行かせました。まあ、大丈夫とは思いますが、万が一ってこともありますし」

「たった今、東京から電話でした」

「え？」

「奥さんが、朝の内に——あなたが出られてから、何か物を取りに自宅へ戻られたそうです」

「女房が？」

「近所の人の話では……。しっかりして、聞いて下さい。奥さんと表で話をして、少しし

て家の中から、悲鳴が――」

「悲鳴……」

「女が、血のついたナイフを手にして、飛び出して来て逃げたそうです。山崎安代でしょう」

「ナイフを……」

三宅はポカンとしていた。

「近所の人が一一〇番して、パトカーが駆けつけた時、もう手遅れだったということです。――あなたの行方が分らなくて、大分捜していたようですが……。やっとここへ連絡が入って」

「あの――それじゃ――女房が？」

「刺されて、亡くなったそうです。すぐにお帰りになった方がいいでしょう」

三宅は、ほとんど無意識の様子で、コーヒーカップを取り上げて、飲み始めた。

「――あなた」

そばに、淳子が立っていた。「聞いたわ。列車の手配を」

「そうだな。車では危い。――三宅さん。三宅さん」

ガチャン、と音をたてて、コーヒーカップが床で砕けた。

「――お客様！　大丈夫ですか」

と、ボーイが駆け寄って来る。

「あ、すまんね……。つい、うっかりして。手がね——ちょっと滑って」

「それはよろしいんですが、お洋服は。やけどなさいませんでしたか」

「申し訳ない。——そのクロスが汚れたね。いくら払えばいいかな……」

「いえ、結構でございます」

「いや、私が悪いんだからね……。そういうわけには……」

「三宅さん」

倉田は、三宅の腕を取った。「どこかで少し休まれた方が。列車の手配をして、知らせてあげますよ」

「どうも……迷惑ばかりかけるね。——申し訳ない」

三宅は、肩を震わせて泣き出した。

その間に、淳子がフロントで、一部屋開けてくれるように頼んで、キーをもらって来た。

「これ、あなた」

「うん。僕がそばにいる」

「私、ホテルの方と相談して、列車を手配するわ。あなた、一緒に行ってあげたら」

「そうだな。また戻るよ」

「ええ。ともかく今は——」

淳子は、倉田が三宅を抱きかかえるようにして、歩いて行くのを見送っていた。

「――何てこと」

と、息をつく。

山崎安代。――根本さんにも知らせておこう、と思った。

振り向くと、目の前に、津村が立っていた。

「あら、津村さん」

「お取りこみの様子なので、待っていたんです」

と、津村は言った。

「すみません、気が付かなくて」

「いえいえ。しかし――どうします？　こんな時に」

淳子はためらったが、そう時間をとることでもない。

「部屋に一枚、置いてありますの。少しお待ち下さい」

淳子は、フロントに列車のことを頼むと、津村を案内して二階へと上って行った。

「――どうぞ」

と、津村を中へ入れ、「すみません、子供が隣で眠っていて」

「いや、そりゃこちらこそすみませんね」

こういう時は、何の前置きもせずに絵を見てもらうことである。

展覧会に絵を見に来る人は、何の説明もなく、絵だけを見るのだから。

淳子は、絵にかけてあったカバーを外して、傍へ置いた。

津村は、黙って絵の前に立つと、しばらく、動かなかった。

淳子の胸は、苦しいくらいにときめいていた。それは、遠い昔に忘れていた胸苦しさ。晴れやかさと不安の奇妙に混合した、麻薬のような魅力を持つ一瞬だった……。

津村は、絵に近付いて、じっくりと見て行った。そして、もう一度離れて、眺める。

ずいぶん長く感じたが、おそらく五分ぐらいのものだったろう。

津村は腕組みをして、肯いた。——淳子はふっと息をついて、

「こんなものですわ」

と、言った。

「いや、これはいい。いい作品ですよ」

と、津村が言うと、淳子はカッと頬が熱くなるのを感じた。

「本当ですか」

「私も絵を見る目はあるつもりです。これはすばらしい」

淳子は、何だか、体の中の張りつめていたものが急にゆるんでしまうような気がした。

「そうおっしゃっていただけると……」

「暗い絵ですね。しかし、どこかに透明感がある。——ぜひ、これはうちで扱わせて下さ

でしまえば……」

い」

「お願いします」

と、淳子は頭を下げた。

「まだ手を入れられますか。私の見た限りでは、完成していると思いますが」

「そうですね」

淳子は、ちょっと考えた。「――私にも、よく分りません。たぶん……何もかもが済んでしまえば……」

それはもう、独り言のように聞こえた。

「そうそう」

と、津村は思い出したように、「例の協力者の方ですが、連絡はありましたか」

「いいえ」

「おかしいな」

と、津村は首をかしげた。「ゆうべの内に連絡する、ということだったのに……」

部屋が薄暗くなった。――日がかげったのだ。

25 告白

「成美ちゃんが来ると思ってたわ」

と、高品浩子は言った。「どっちでも良かったんだけどね。——でも、あなたが来てくれた方が、私は嬉しかったわ」

「先生……。どうして？」

成美は、やっと、本当に目の前に立っているのが、あの先生なのだ、と信じられるようになっていた。

「理由はあなたが知っているわ」

成美は、キュッと顔をひきしめて、

「ママは人殺しじゃない！」

と、言った。

「いいえ」

高品浩子は首を振った。「人殺しよ。あなたのおじいちゃんもね」

「だったら、警察に捕まってるよ」

「そうね。でも、あなたのおじいちゃんとお母さんは、二人で他の人間を殺して、自殺みたいに見せかけ、それが犯人だ、と思わせたのよ。しかも、本当のことに気付いた、一番仲のいい友だちまで、崖から突き落として殺してしまった」

「ウソだ」

「ママに訊くのね」

と、高品浩子は微笑んだ。「――成美ちゃん。あなたは、勇気のある、いい子だわ。でも、ママの罪のために、少し辛い思いをするのを我慢してね」

高品浩子が、ロープを取り出すのを見て、成美はギョッとした。

いつの間にか、高品浩子は、ドアの側の方へ動いていて、成美は逃げようがなくなっていた。

「縛るだけよ。――痛い思いはさせたくないわ。大人しくしてて」

「いや」

成美は、後ずさった。――高品浩子が、見かけによらず力があることは、成美も知っていた。

いくら暴れても、たぶん勝てないだろう。結局、押えつけられるか、ぶたれるかして、縛られてしまう……。

思い出した。――ポケットの中のもののことを。

「逆らわないで」

と、高品浩子が言った。「あなたをぶったりしたくないの。分る？」

成美は、少し考えてから、肯いた。

「――いい子ね。ママが見付けてくれるまでの辛抱だから」

と、高品浩子は言った。「向うを向いて」

成美は、高品浩子に背中を向けた。ポケットは前の側についている。そっと取り出したのは、ホテルのフロントに置いてあった、光った道具――千枚通しだった。

成美は、それを固く握りしめた。

「そう。――素直に言うことを聞いていれば、痛くないように縛るからね。両手を後ろへ回して」

成美は、すぐ後ろに、高品浩子が立っていることを、肌で感じていた。――今しかない！

「さ、早くして」

と、高品浩子が促す。

パッと振り向きざま、千枚通しを真直ぐに突き出した。

アッ！――声は、ほとんど声のようには聞こえなかった。鋭い呼吸だった。

高品浩子がロープを取り落として、よろけた。

成美は、呆然として、見ていた。——手から離れた千枚通しが、高品浩子のわき腹に突き刺さったままになっているのを——。

成美は、夢中で駆け出した。

部屋を飛び出す。——早く、早く、ママの所へ帰るんだ！

階段を駆け下りる。——途中、一段が腐っていたことを、すっかり忘れていた。

バキッ、と音がして、足下が何もなくなった。体を激しく打ったと思うと、階段の裂け目から、成美の体は吸い込まれるように落ちて行った。

ママ！

そう叫んだのが、本当のことだったかどうか。——暗がりの底に、成美の体は叩きつけられて、もう成美には何も分らなくなったのだった。


「——じゃ、東京へ戻られたら、取りあえず、ご連絡を」

階段を下りながら、津村は言った。

「ええ、必ず」

と、淳子は言った。

「いや、あんな絵を次々に発表されたら、たちまちセンセーションですよ」

「そんな……」

と、淳子は笑って、「あれは一度しか描《か》けない絵ですわ」

「かもしれませんね」

ロビーへ降りた淳子は、

「あら……」

と、足を止めた。

見たことのある男が、立っていたのだ。

「――どうも、奥さん」

「大沢さん」

淳子は戸惑った。「どうしてここに？」

「詳しい説明は後で」

と、大沢は言った。「憶えていますね、十五年前の事件を」

「え？」

「わざわざここへ来られた。私はあのころ、県警にいたのですから」

「ええ……。でも、どうしてそんなことを――」

「昔の知り合いに、調べさせました。あの時の関係者で、今、あなたの身近にいる人間がいないか」

「身近に？」

「あの時、死んだ人たちです。――誰が犯人だったのか、それはともかく」

「大沢さん――」

「宮本という人を憶えていますか」

淳子は、目をそらした。

「もちろん」

「そうでしょうね。あなたのお父さんが、倉庫の警備に雇った、元刑事だ。宮本は倉庫の中で墜落死した。――おそらく、突き落とされたのでしょう」

「それが何か――」

「宮本の未亡人は旧姓に戻り、一人娘を育てていましたが、三年前に亡くなりました。無理がたたって、かなり苦しんだ末だったようです。――高品、というのが旧姓だった」

「高品？」

「娘の名は高品浩子」

「高品――浩子」

淳子が青ざめて、よろけた。

「お宅の娘さんの家庭教師だ。そうですね」

淳子は肯いた。

「――やれやれ」

と、大沢は肯いた。「しかし、取り返しのつかないことにならなくて良かった」

「何てこと……。じゃ、あの人が、成美や美樹を――」

「かもしれませんね」

と、大沢は肯いた。「当らせたところ、おとといから出かけて、戻っていないんです。もしかしたら、ここへ来ているんじゃないかと心配で」

「確か――この間の授業の時に、軽井沢へ行くと話しました」

「そうですか。すると、どこかに来ているのかも――」

「ちょっと失礼」

と、津村が話に割って入った。「今、高品とおっしゃいましたか」

「ええ。――それがどうかしましたか」

「いや……。奥さん、例の、私のところに、沼原昭子の展示会を、と持ちかけて来たのが、高品という女性ですよ」

「まあ」

淳子は、何度か大きく息をついて、少し落ちついて来た。

「――淳子」

と、声がした。「大沢さん。どうしたんです？」

淳子は、やって来た夫に、今の大沢の話を伝えた。

「あなた！」

「――あの先生が？　何てことだ！」

倉田は顔を真赤《まっか》にして言った。

「ともかく……。良かったわ、そう分っただけでも」

「全くだ――」

と、言いかけて、倉田は目をみはった。

ロビーの椅子に腰かけているのは、栗山由紀だったからだ。

由紀は、軽い足取りでやって来た。

「成美ちゃんは？」

「部屋に――おい、部屋にいるんだろう？」

淳子は、一瞬、戸惑った。

「成美……。成美ったら……。一人で自転車に乗って来るって」

「じゃ一人なのか？――捜そう」

「ええ、そうね。でも、まさか――」

「私も手伝うわ」

と、由紀が言った。

ホテルから出て、どっちへ行こうかと左右を見回していると――。

「見て」

と、由紀が言った。「あそこに――自転車が倒れてる。誰か倒れてるわ」

「本当だ」

大沢が言った。

一斉に駆け出して行く。

大沢が真先に駆けつけて、倒れている女を抱き起した。

「――高品さん」

と、倉田が言った。

「この自転車！」

と、淳子が叫ぶように言った。「成美が乗ってたのだわ！」

「わき腹を刺されてる！　出血してるぞ。――かなりひどい」

大沢が傷を押えようとすると、低く唸って、高品浩子が目を開いた。

「――しっかりしろよ。今、救急車を――」

大沢の言葉を遮って、淳子が、

「成美はどこ！」

と、叫んだ。

高品浩子は、瞬きして、淳子を見た。

「奥さん……」

と、弱いがはっきりした声で、「やっぱり奥さんの子ですね……。成美ちゃんに刺されたわ」

「成美が……」

「お母さんを守るために、ってね……。でもあなたは生きてる。ご主人もね。——私の父は、あなたのお父さんに殺された。母も、過労がたたって……ひどい発作を起して死んだわ。あなたたちが殺したようなものよ」

倉田が、腰を落とした。

「何のことだ?」

「そんなこと、どうでもいいわ!」

と、淳子が大沢を押しのけて、高品浩子の肩をつかんだ。「成美は! あの子はどこ?」

「そうね……。暗い、穴の底」

「何ですって?」

「落ちて、自分じゃとても上れないでしょうね」

「どこの? どこの穴なの?」

「心配? 心配するといいわ。苦しむといい。誰が——誰が教えるもんですか」

高品浩子の目が、一瞬、激しく燃え立つようだった。「捜すのね。隅から隅まで。この辺り、全部を、見付けるのが早いか、あの子が死ぬのが早いか……」

「やめて！　あの子に罪はないわ。お願い、どこなのか、言って！」

「知りたい？」

「——何が望みなの？」

「あなたと、あなたの父親が、人殺しだってことを、自分の口から言って。——本当なら、公の場で言わせるつもりだったけど……。もう、私の方が、間に合いそうもないわ」

と、高品浩子は言って、咳き込んだ。

「——分ったわ」

淳子は、血の気のひいた顔で、肯いた。「確かに、あなたのお父さんを殺したのは、父よ」

「他に——」

「父は女子中学生を刺し殺したわ。それを隠すために、あなたのお父さんを——」

「沼原昭子もね」

「ええ……」

「あなたの婚約者も。そして中路を殺して、罪をかぶせた……」

「ええ、そうよ」

「あなただって、人を殺したはずだわ」

淳子は、高品浩子の、燃えるような視線を受け止めた。

「ええ」

と、淳子は言った。「親友を――真相を知った爽子を……崖から車で突き落としたわ」

誰もが、石と化したように、動かなかった。

高品浩子は、かすかに肯いた。

「十五年……。やっと私が本当のことを調べ当てた時は、もうあなたたちは、法の手の届かない所にいたんだわ……」

と、呟くように言って、「でもね、これから、あなたは罪を償うことになるんだわ。殺人犯を妻にしているご主人と、母親に持っている子供との間でね……。ずっと……一生、償って行くことになる……」

声が、絶え入るように消えた。

「――待って……成美は？　成美はどこなの！」

淳子の叫び声が、木立ちの間へ吸い取られて行く。

「答えて！――言って！」

だが、もう高品浩子は一言も答えなかった……。

エピローグ

「──どうなの、成美ちゃん？」

と、由紀は訊いた。

「うん」

倉田は、肯いた。「時間はかかるが、元の通り歩けるようになる、と医者が言ってたよ」

「良かった……」

由紀はホッと息をついた。

──昼休みの時間、ビルの一階のショールームは、閑散としていた。

「大沢さんから聞いたわ」

と、由紀は言った。「お宅の成美ちゃんたちを殺そうとしたり、間違って他の子を殺したのは、山崎安代だったんですってね」

「そう自供したんだ。──本当に自分が轟の子を産んだと信じ込んでいたから、あの子たちが憎かったんだ」

「でも——それ聞いて、少しホッとしたわ」

「僕もだ」

倉田は言った。「君には、礼を言おうと思っていた。あの時、落ちた血の痕を辿って行こう、と君が言ってくれなかったら、成美は死んでいたかもしれない」

「そんな……。誰か気が付いたわよ、私が言わなくても」

と、少し照れて、由紀は言った。「——もう一つの事件は、どうなったの？　あの北畑とかいう人。やっぱり高品浩子が——」

「うん。どうも、北畑圭子は高品浩子から頼まれて、淳子の反応を探っていたらしいんだが、その内、事情を察して、高品浩子に、金を出してくれと要求したらしい。さもないと、淳子にしゃべる、とね」

「そう。——高品浩子って、自分も……」

「母親と同じ病気で、先が長くないと分っていたらしいよ。だから、方々から借金して、沼原昭子の絵を借り集め、展示会を開いたんだ」

「なぜ、そんな回りくどいことをしたのかしら？」

「自分でも、淳子と父親が犯人という確信がなかったんだろう。淳子の反応を見ながら、確信が持てるのを待っていた……」

「そうだったのね、きっと」

由紀は肯いた。

二人はしばらく黙っていた。

「ねえ」

と、由紀は言った。「どうするの、あなた?」

「迷ってるんだ。――辞表を出そうか、どうしようかとね」

「そんなことじゃないわ。奥さんのことよ」

倉田は首を振った。

「分らないよ。――妻が、何人もの殺人の共犯だったなんてね。しかも親友を、自分の手で――」

ゆっくりと息をついて、「一応、まだ一緒にいる。もっとも、淳子は病院で成美についてる時間の方が多いがね」

「そう」

と、由紀は言った。

何も、言うべき言葉はない。――誰にも、どうすることもできない問題なのだ。

「じゃ、仕事があるから、これで」

と、倉田は立ち上った。

――由紀は、ビルを出ようとして、根本と出くわした。

「これはどうも」

と、根本が頭を下げる。

「お元気？」

「ええ。――あの一件で、週刊誌が大騒ぎですから」

高品浩子の死、そして成美が彼女を刺したこと。――その事件から、結局、十五年前の事件のすべてが、明るみに出た。

高品浩子は、復讐を果たしたのだ。

「倉田さん、辞めるの？」

「ええ」

「あっさりしてるのね」

「また戻りますよ」

「ええ？」

「法的に、倉田さんには責任がない。しかし、潔く退く。そして後は能なしの社長が、専務を失って、立ち往生する。株主や社内から、倉田さんに戻ってもらおうという声が起る。――呼ばれて戻れば、誰もかげ口は叩きゃしません」

「なるほどね」

「一年以内に、倉田さんが社長ですよ。――ではまた」

根本が足早に、いつもの通り、自信たっぷりの様子で歩いて行く。

それを見送っていると、由紀も、本当にその通りになりそうな気がして来るのだった……。


「ママ」

と、成美は言った。

淳子は、リンゴの皮をむいている手を休めて、急いで、ベッドの方へ行った。

「どうしたの?」

と、成美の顔を覗き込んで、「何か食べたい?」

成美が、枕の上で、ゆっくりと頭を左右に動かす。

「じゃ、何? TV、見る?」

「ママ。──ごめんね」

「え?」

「ママのこと、助けたかったんだ。それなのに……。みんなにいやなこと言われるでしょ」

淳子は、微笑んで、

「仕方がないわよ。──ママの罪なんだもの」

と言うと、手を成美の額に当てた。「ママこそ、あなたやパパに、すまないと思ってるわ」

「ママがどんなことしても……大好きだよ」

と、成美は言った。

「ありがとう」

淳子は、成美の額に唇をつけた。「リンゴむいたわ。食べる?」

「うん」

「待ってね」

手早く、全部むいてしまうと、淳子は薄く切って、フォークに刺して渡した。

「――はい」

「うん……」

成美は、フォークに刺したリンゴを左手で受け取った。右手は手首の骨にひびが入っているのだ。

リンゴを口に入れようとして、成美は、ふと思う。

あの手で――リンゴをむいたり、成美の頭をやさしく撫でてくれる、あの手で、ママは一番仲のいい友だちを殺したんだ……。

いつもいつも、これからずっと、ママの作ったものを食べる時、そう思うのかしら?

でも——ママはママだ。

そうだとも……。

成美はリンゴをかじって、甘ずっぱい汁が乾いた口の中を流れていくのを感じた。

「おいしいね」

成美はそう言って、母親に向って微笑んで見せた。

解説

山前 譲

たとえ紙の上であっても、そして描かれているのが人生の一断面であったとしても、小説の登場人物たちはそれぞれに、誕生の瞬間と死を迎える時が必ずあるはずだ。ミステリーではとりわけ死が大きな意味を持つが、そこまでの人生が謎解きにおいて重要なのは言うまでもない。そして事件が解決したあとに思いを馳せるミステリーも多々ある。

そんな時間的な連続性で、赤川次郎氏の『裁かれた女』は興味深い作品だろう。というのも、中公文庫既刊の『招かれた女』の十五年後の物語だからである。『招かれた女』での殺人事件とそれにまつわる人間関係が、『裁かれた女』の伏流となっている。十五年前に何があったのかは、新たな事件と並行して徐々に明らかになっていく。コケティッシュな魅力のある若い女性が、過去に興味を持って調べはじめたからだ。

一方、その事件に深く関わった淳子にとって、過去を蒸し返されることは絶対に避けたかった。サラリーマンの倉田と結婚し、ふたりの娘を授かって幸せな結婚生活をおくっている身にとって、あれは完全に消しさってしまいたい過去である。しかし、やはり不可能なことだった。父親の死によって淳子はあらためて過去を意識してしまう。そして時計が新たな時を刻みはじめた。娘たちに危機が迫り、過去の事件の関係者の影が見え隠れし、新たな殺人事件が起こる。淳子は自分が背負ってきた重い十字架を意識しなければならないのだった。

赤川次郎氏の作品において、とりわけ時の経過の連続性が大きな意味を持っているのは杉原爽香《さやか》のシリーズだ。第一作の『若草色のポシェット』では中学三年生だった爽香は、シリーズ三十四作目の『狐色のマフラー』では四十八歳になっている。結婚し、一人娘の珠実《たまみ》は十二歳になった。一年に一歳、暦通りに歳を重ねてきた爽香の周囲には「過去」が渦巻いているのだ。

そこまでユニークな趣向ではないにしても、ストーリーの連続性を意識した赤川作品は他にもある。たとえば中公文庫既刊の『夜に迷って』と『夜の終りに』だ。〈エヌ・エス・インターナショナル〉の社長の長男の嫁として、何不自由なく暮らしていた智春《ちはる》が、不倫疑惑に追い詰められ、そして殺人犯として疑われ、死を決意する。妻としての、母としての苦悩が胸に迫ってくる『夜に迷って』の三年後、高校一年生になった智春の娘の有貴《ゆき》をメインにした『夜の終りに』では、過去を失った母のそばに寄りそう彼女の辛い心情が描かれていく。

ママがパパを殺したことを知ってしまった『殺人よ、こんにちは』のユキは十三歳だった。『殺人よ、さようなら』では十六歳になっているが、またママの疑惑に胸を痛めている。映画化されて話題となった『ふたり』は実加と交通事故で死んだ姉の千津子とのファンタジックでビターな青春小説だったが、『いもうと』はそれから十一年後の物語だ。二十七歳になった実加は、勤務先で重要なプロジェクトを任されるまでになったのだが……。続編はやはり、過去が生みだした歪みが重苦しいシリアスなストーリーとなっていく。

三毛猫ホームズのほか、シリーズ・キャラクターの活躍ではユーモア・ミステリーとして魅力がたっぷりだが、そうしたシリアスな赤川作品も多い。たとえば中公文庫に収録の作品でも、終電を逃した男女に待っていた思いがけない出来事が描かれていく『終電へ三〇歩』、殺された夫の意外な姿を知らされる『静かなる良人《おっと》』、誰かに突き落とされて死にかけた高校一年生の里加がその犯人に迫る『迷子の眠り姫』、そして思いもよらないところから届いた夫の死の連絡が妻を混乱させる『いつもの寄り道』と、登場人物それぞれの戸惑いがいっそう伝わってくる多彩なサスペンスが展開されている。

そして、本書『裁かれた女』のように、封印されていた過去が新たな事件を誘発する作品群は、とりわけ意外性たっぷりのストーリーが展開されているのではないだろうか。

タイトルからして過去から忍び寄る影を意識させられるのは、『禁じられた過去』と『過去から来た女』だ。

『禁じられた過去』のプロローグではマンションの一室での事件が描かれている。深夜、「女」がその部屋に駆けつけると、そこで待っていたのは「男」と銃殺された女性の「死体」だった。すぐに殺人の証拠を隠滅する「女」と「男」だが……。物語の進展とともにさまざまな人物が登場する。プロローグに登場した「男」は誰？「女」は誰？そして「死体」は誰？その謎が解けるまで、複雑に絡む人間関係から導かれたいくつもの事件が、そしていくつもの死が重なっていく。

『過去から来た女』はかつて村の名家のひとり娘だった女が、七年ぶりにその村に帰ってくる。じつは、十九歳の時に彼女が出奔したことで、一家は悲劇に見舞われていたのだ。その過去の事件の真相と、彼女が帰郷したことで勃発する新たな事件とが交錯しての謎解きが展開されている。

『真実の瞬間』では電気メーカーの取締役である羽川が、家族全員を晩餐《ばんさん》の席に招いて引退を告げ、そしてさらに「私は二十年以上前に人を殺した。今その償いをしたいのだ」と語るのだった。そんな遠い過去のことを、しかもそんなとんでもない過去を今さら蒸し返されてもと、戸惑う家族である。宏壮とした屋敷の屋根裏部屋の窓が過去を語るのは『窓からの眺め』だ。サラリーマン、アクセサリー店勤務の女性、そして医師の三人の日常が、過去をキーワードにその屋敷に収束していく。

ユーモアタッチながらも『晴れ、ときどき殺人』の発端はシリアスだ。とある財閥の当主が急死する。彼女のひとり娘は遺書を読んで愕然とした。〈母さんは、若い頃、人を殺したことがあるのです〉と書かれていたからだ。嘘の証言によって無実の人を死に追いやったらしい。その過去を背景に遺産を巡る争いが繰り広げられる。

団地に住む主婦が殺された事件が発端の『悪の華』では、その葬儀で七年ぶりに顔を合わせた面々に不安が募っている。彼らはかつて〝悪い仲間〟だったからである。ここでも禁じられた過去が新たな事件を起こしていた。行方不明だった少女の死体が二十八年経って発見される『おやすみ、夢なき子』も過去の事件が蘇っての物語である。それは何者かに殺された死体だったからだ。二十八年間も閉ざされていた闇に光が当てられ、過去と現在に潜む邪悪な意志が新たな事件を招く。

オリジナル著書としては六百一冊目になる『7番街の殺人』でも遠い過去が渦巻いている。女優の付人になった彩乃がロケで訪れた団地は、なんと二十一年前に祖母が殺されたところだった。犯人は今でも不明だ。そのロケを切っ掛けに、新たな事件が過去とリンクしていくのだった。

こうした作品は過去と現在の相克と言える。かつて事件に関係した人たちは、過去を封印して、平穏な日常を過ごしていた。いつしかその出来事を意識することがなくなっていた。だが、まさにパンドラの箱が開けられたかのように、禁じられていた過去が顕在化し、今の人間関係を崩していくのだ。「過去」と「今」が絡み合ってのサスペンスと意外性に満ちている。

サスペンスと意外性はもちろんミステリーにおける重要なファクターだ。もっとも初期の長編で連続殺人が迷宮に誘う『マリオネットの罠』、森の奥の山荘に独り住む老人の過去が明らかになっていく『黒い森の記憶』、歴史ある女子高の鐘にまつわる伝説を背景にした『沈める鐘の殺人』、なぜか二月二十九日の前後に少女が殺される『殺意はさりげなく』など、予想のつかないストーリーが展開されていく。

そして一九八九年五月にカドカワノベルズの一冊として刊行されたこの『裁かれた女』である。『招かれた女』から十五年後という設定は、刊行当時、殺人事件の時効が十五年だったからだ。しかし、時効を迎えたからといって、罪の重さが霧散するわけではない。初刊本の「作者のことば」で赤川氏は、〝何よりもこの小説で書きたかったのは、犯罪の、犯人の良心への復讐には終りがない、という点だった〟と記していた。それはやはり、死の瞬間まで抱え込んでいかなければならないものなのだろう。

（やままえ・ゆずる　推理小説研究家）

『裁かれた女』一九九一年九月（角川文庫）

中公文庫

裁《さば》かれた女《おんな》

2021年9月25日　初版発行

著　者　赤《あか》川《がわ》　次《じ》郎《ろう》

発行者　松田陽三

発行所　中央公論新社

〒100-8152　東京都千代田区大手町1-7-1
電話　販売 03-5299-1730　編集 03-5299-1890
URL http://www.chuko.co.jp/

DTP　ハンズ・ミケ
印　刷　大日本印刷
製　本　大日本印刷

Published by CHUOKORON-SHINSHA, INC.
Printed in Japan　ISBN978-4-12-207107-0 C1193

各書目の下段の数字はＩＳＢＮコードです。978－4－12が省略してあります。

中公文庫既刊より

あ-10-9
終電へ三〇歩　赤川次郎
リストラされた係長、夫の暴力に悩む主婦、駆け落ちした高校生カップル……。駅前ですれ違った他人同士の思惑が絡んで転がって、事件が起きる！
205913-9

あ-10-10
静かなる良人　新装版　赤川次郎
浮気をして家へ帰ると夫は血まみれで倒れていた。犯人探しにのりだした妻の千草は、生前気づかなかった夫の思いがけない一面を知る……。〈解説〉山前　譲
206807-0

あ-10-11
迷子の眠り姫　新装版　赤川次郎
クラス対抗リレーの練習に出かけた昼下がり、誰かに川に突き落とされた高校生の笹倉里加。病院で目を覚ました彼女に不思議な力が！〈解説〉山前　譲
206846-9

あ-10-12
いつもの寄り道　赤川次郎
出張に行ったはずの夫が、温泉旅館で若い女性とともに焼死体で見つかった。夫の手帳を手に入れ、事件の謎に近づく加奈子に危険が迫る！〈解説〉山前　譲
206890-2

あ-10-13
夜に迷って　赤川次郎
将来有望な夫と可愛い娘のいる沢柳智春。義父の隠し子や弟のトラブル解決に尽力するが、たった一度の過ちが噂になり追いつめられていく。〈解説〉山前　譲
206915-2

あ-10-14
夜の終りに　赤川次郎
三年前の殺人事件で記憶を失った母。別居中の父。殺人犯の夫が殺された矢先、娘の有貴が通り魔に襲われた。一家を陥れようとするのは……？〈解説〉山前　譲
206931-2

あ-10-15
招かれた女　赤川次郎
解決済みの女学生殺人事件の犯人が野放しになっていた。真犯人の似顔絵を探し始めた人々が命を狙われて──。傑作サスペンス・ミステリー。〈解説〉山前　譲
207039-4

に-7-65
由布院心中事件 新装版
西村京太郎
温泉地由布院で、旅行中の新妻が絞殺され、夫に殺人容疑が。東京では妻のかつての恋人が白骨遺体で発見された。友人夫婦を襲う最悪の事態に十津川警部は⁉
206884-1

に-7-66
パリ・東京殺人ルート 新装版
西村京太郎
パリで殺害された日本人が内偵中の容疑者と判明し十津川警部は現地へ。だが謎の犯罪組織の罠に警部は窮地に。パリ警視庁のメグレ警部も捜査に協力するが。
206927-5

に-7-67
西から来た死体 錦川鉄道殺人事件
西村京太郎
広島発のぞみの車内で女性が毒殺された。彼女は二五年前に引退した女優で、岩国と日原を結ぶ「岩日北線」の全線開通を夢見て資金集めに奔走していたが……。
206992-3

に-7-68
五能線の女
西村京太郎
私立探偵・橋本は仕事の成功を祝い鉄道旅行を楽しんでいたが、千畳敷殺人事件の容疑者として拘束される！ 複雑に仕組まれた罠に十津川警部が挑む。
207031-8

に-7-69
南九州殺人迷路 新装版
西村京太郎
桜島行のフェリー内で、西郷隆盛を尊敬する代議士の若手秘書が刺殺された。容疑は西本刑事の見合い相手に。恐るべき陰謀の正体に十津川警部が挑む！
207069-1

あ-61-10
新装版 汝 の 名
明野照葉
「理想の人生」を求める「姉」と、彼女を崇拝し隷属する「妹」を通し、社会的病理と彼女たちの行動の源となる感情を描いた傑作サスペンス。〈解説〉大矢博子
206997-8

あ-79-2
高座のホームズ 昭和稲荷町らくご探偵
愛川晶
昭和五〇年代、稲荷町の落語長屋。噺家連中が持ち込む謎の数々を解き明かすのは、八代目林家正蔵（のちの彦六）⁉ 名人の推理が光る洒脱な落語ミステリー。
206558-1

あ-79-3
黄金餅《こがねもち》殺人事件 昭和稲荷町らくご探偵
愛川晶
古典落語の名作「黄金餅」を彷彿とさせる怪事件が雪の東京で発生した！ 落語界の大看板にして名探偵・八代目林家正蔵が謎に挑む痛快落語ミステリー第二弾！
206645-8

各書目の下段の数字はISBNコードです。978－4－12が省略してあります。

あ-79-4 **道具屋殺人事件** 神田紅梅亭寄席物帳　愛川晶

真打ちを目指し、日々修業に励む二つ目・寿笑亭福の助の周辺で次々と謎の怪事件が勃発！ 〝落語ミステリ〟の異才が放つ珠玉の三編。〈解説〉宇田川拓也

206722-6

あ-79-5 **高座のホームズみたび** 昭和稲荷町らくご探偵　愛川晶

「犬の目」を口演中の二つ目・佃家花蔵が酔客に左眼を殴打され、次いで花蔵の兄弟子・傳朝が暴漢に襲われる。八代目林家正蔵の推理は⁉〈解説〉西上心太

206775-2

あ-79-6 **芝浜謎噺** 神田紅梅亭寄席物帳　愛川晶

二つ目・寿笑亭福の助の元弟子が『芝浜』の稽古をつけてほしいと泣きついてきた。口演が難しい人情噺に拘るのには深い事情が。異色の落語ミステリ三篇。

206808-7

あ-79-7 **芝浜の天女** 高座のホームズ　愛川晶

天女のように美しい妻の秘密とは？ 女に金に、芸の道に悩める噺家たちが今日も探偵・林家正蔵の長屋へやってくる。落語ミステリー第四弾。〈解説〉広瀬和生

206903-9

い-74-5 **つきまとわれて**　今邑彩

別れたつもりでも、細い糸が繋がっている。ハイミスの姉が結婚をためらう理由は別れた男からの嫌がらせだった。表題作の他八篇の短篇集。〈解説〉千街晶之

204654-2

い-74-6 **ルームメイト**　今邑彩

失踪したルームメイトを追ううち、二重、三重生活を知る春海。彼女は、名前、化粧、嗜好までも変えて暮らしていた。呆然とする春海の前にルームメイトの死体が？

204679-5

い-74-7 **そして誰もいなくなる**　今邑彩

名門女子校演劇部によるクリスティー劇の上演中、連続殺人は幕を開けた。台本通りの順序と手段で殺される部員たち。真犯人はどこに？ 戦慄の本格ミステリー。

205261-1

い-74-8 **少女Aの殺人**　今邑彩

深夜の人気ラジオで読まれた手紙は、ある少女が養父からの性的虐待を訴えたものだった。その直後、三人の該当者のうちひとりの養父が刺殺され……。

205338-0

い-74-9
七人の中にいる
今邑彩
ペンションオーナーの晶子のもとに、二十一年前に起きた医者一家虐殺事件の復讐予告が届く。常連客のなかに殺人者が⁉ 家族を守ることはできるのか。
205364-9

い-125-1
花咲舞が黙ってない
池井戸潤
メガバンク誕生前夜、熾烈な合併交渉が進む中、花咲舞は自行の存続を揺るがしかねない大スキャンダルを知る。跳ねっ返り女子行員が活躍する痛快連作短篇。
206449-2

い-127-1
ため息に溺れる
石川智健
立川市の病院で、蔵元家の婿養子である指月の遺体が発見された。心優しき医師は、自殺か、他殺か――。見えていた世界が一変する、衝撃のラストシーン！
206533-8

い-127-2
この色を閉じ込める
石川智健
人食い伝説を残す村で殺人事件が発生。住人の口から上がった容疑者の名は、十年前に死んだ少年のものだった。恐怖度・驚愕度ナンバーワン・ミステリー。
206810-0

い-127-3
私はたゆたい、私はしずむ
石川智健
八丈島近海で無人の客船を発見した刑事の薫と赤川。中には海上で遭難した「成功者」たちが。謎に包まれた船中で凄惨な連続殺人が発生する。文庫書き下ろし。
207085-1

お-64-2
雪の階《きざはし》（上）
奥泉光
昭和十年。華族の娘、笹宮惟佐子は、富士の樹海で陸軍士官と共に遺体で発見された親友の心中事件に疑問を抱く。二人の足どりを追う惟佐子の前に新たな死が。
206999-2

お-64-3
雪の階（下）
奥泉光
親友の死は本当に心中だったのか。謎と疑惑と陰謀が、陸軍士官らの叛乱事件と絡み合い、スリリングに幻惑的に展開するミステリー。〈解説〉加藤陽子
207000-4

き-41-1
優しいおとな
桐野夏生
日本の福祉システムが破綻し、スラム化したかつての繁華街〈シブヤ〉で生きる少年・イオン。希望なき世界のその先には何があるのか。〈解説〉雨宮処凛
205827-9

各書目の下段の数字はＩＳＢＮコードです。978－4－12が省略してあります。

き-40-1
化学探偵Mr.キュリー　喜多喜久
周期表の暗号、ホメオパシー、クロロホルム——大学で起こる謎を不遇の天才化学者が解き明かす!!　至極の化学ミステリが書き下ろしで登場！
205819-4

き-40-2
化学探偵Mr.キュリー2　喜多喜久
過酸化水素水、青酸カリウム、テルミット反応——今日もMr.キュリーこと沖野春彦准教授を頼る事件が盛りだくさん。大人気シリーズ第二弾が書き下ろしで登場！
205990-0

き-40-4
化学探偵Mr.キュリー3　喜多喜久
呪いの藁人形、不審なガスマスク男、魅惑の《毒》鍋——学内で起こる事件をMr.キュリーが解き明かすが、今回、彼の因縁のライバルが登場して⁉
206123-1

く-19-10
ただいま家事見習い中 ハウスワーク代行・亜美の日記　鯨統一郎
家事代行会社のアルバイト・亜美が行く先で、トラブル発生！　意外にも鋭い推理力を持つ亜美は、事件を解決へ導けるのか？　ハートウォーミングミステリ。
206585-7

く-19-11
恋と掃除と謎解きと ハウスワーク代行・亜美の日記　鯨統一郎
家事代行業のアルバイトも板に付いてきた大学生の樋口亜美。意外にも鋭い推理力で、今日も派遣先の事件を解決する！　ハートウォーミングミステリ第二弾。
206724-0

さ-76-1
五十坂《いさか》家の百年　斉木香津
双子の老女が手に手をとり崖から飛んだ。葬儀に集った子らは、武家屋敷の床下から遺骨四体と一族の秘密を掘り起こす。乙女の因果が巡る背徳のミステリー。
206462-1

さ-81-1
屋根裏博物館《アチック・ミューゼアム》の事件簿　澤見彰
渋沢栄一の孫・敬三に拾われた女学生のあづみが、相棒の林常彦と古い因習にとらわれた人間の闇を追う「民俗学」ミステリ開幕！　文庫書き下ろし。
206989-3

し-39-1
リビング　重松清
ぼくたち夫婦は引っ越し運が悪い……四季折々に紡がれる連作短篇を縦糸に、いとおしい日常を横糸に、カラフルに織り上げた12の物語。〈解説〉吉田伸子
204271-1

し-39-2
ステップ
重松 清
結婚三年目、突然の妻の死。娘と二人、僕は一歩ずつ、前に進む――娘・美紀の初登園から小学校卒業まで。「のこされた人たち」の日々のくらしと成長の物語。
205614-5

し-39-3
空より高く
重松 清
廃校になる高校の最後の生徒たる「僕」の平凡な省エネ生活は、熱血中年教師の赴任によって一変した――きっと何か始めたくなる、まっすぐな青春賛歌。
206164-4

つ-6-13
東海道戦争
筒井康隆
東京と大阪の戦争が始まった!! 戦闘機が飛び、重装備の地上部隊に市民兵がつづく。斬新な発想で現代を鋭く諷刺する処女作品集。〈解説〉大坪直行
202206-5

つ-6-14
残像に口紅を
筒井康隆
「あ」が消えると、「愛」も「あなた」もなくなった。ひとつ、またひとつと言葉が失われてゆく世界で、執筆し、飲食し、交情する小説家。究極の実験的長篇。
202287-4

つ-6-17
パプリカ
筒井康隆
美貌のサイコセラピスト千葉敦子のもう一つの顔は、男たちの夢にダイヴする〈夢探偵〉パプリカ。人間心理の深奥に迫る禁断の長篇小説。〈解説〉川上弘美
202832-6

つ-6-20
ベトナム観光公社
筒井康隆
新婚旅行には土星に行く時代、装甲遊覧車でベトナムへ戦争大スペクタクル見物に出かけた。戦争を戯画化する表題作他初期傑作集。〈解説〉中野久夫
203010-7

つ-6-21
虚人たち
筒井康隆
小説形式からその恐ろしいまでの〝自由〟に、現実の制約は蒼ざめ、読者さえも立ちすくむ、前人未到の長篇問題作。泉鏡花賞受賞。〈解説〉三浦雅士
203059-6

つ-6-24
アルファルファ作戦
筒井康隆
老人問題への温かい心情を示した表題作はじめ、著者の諷刺魂が見事に発揮されたSF集――おとなの恐怖と笑いに満ちた傑作九篇。〈解説〉曽野綾子
206261-0

各書目の下段の数字はISBNコードです。978－4－12が省略してあります。

て-11-1
架空の犬と嘘をつく猫 寺地はるな
羽猫家は、みんな「嘘つき」である——。これは、破綻した嘘をつき続けたある家族の素敵な物語。寺地はるなの人気作、遂に文庫化！〈解説〉彩瀬まる
207006-6

な-75-1
R帝国 中村文則
国家を支配する〝党〟と、謎の組織「L」が存在するR帝国。戦争が始まり、やがて世界は思わぬ方向へと暴走していく。世界の真実を炙り出す驚愕の物語。
206883-4

は-66-2
イモータル 萩耿介
ウパニシャッドからショーペンハウアー、そして現代へ——。兄の遺品の中から見つけた一冊の本が導く、言葉と哲学の時空を超えた闘い。『不滅の書』を改題。
206039-5

は-66-4
息の限りに遠吠えを 萩耿介
時は一九世紀。一匹の犬が目にしたのは、同じ種族同士で争い、他の種族をも滅ぼそうとする動物——人間。歴史の奔流の中で、彼が見つけた小さな希望とは。
206662-5

あ-92-1
夜ふかしの本棚 朝井リョウ／円城塔／窪美澄／佐川光晴／中村文則／山崎ナオコーラ
六人の作家が心を震わせた五十九冊をご紹介。腹が立つほど面白い名作、なぜか苦手なあの文豪……夜ふかしを誘う魔法の読書案内。〈本にまつわるQ&A付き〉
206972-5

ほ-20-2
猫ミス！ 新井素子／秋吉理香子／芦沢央／小松エメル／恒川光太郎／菅野雪虫／長岡弘樹／そにしけんじ
気まぐれでミステリアスな〈相棒〉をめぐる豪華執筆陣による全八篇——バラエティ豊かな猫種と人の物語を収録した文庫オリジナルアンソロジー。
206463-8

ち-8-8
事件の予兆 文芸ミステリ短篇集 中央公論新社 編
大岡昇平、小沼丹から野坂昭如、田中小実昌まで。非ミステリ作家による知られざる上質なミステリ十編を一冊にした異色のアンソロジー。〈解説〉堀江敏幸
206923-7

あ-94-1
狂った機関車 鮎川哲也の選んだベスト鉄道ミステリ 鮎川哲也 選 日下三蔵 編
戦前の本格推理から、知られざる作家の佳品まで、鉄道を舞台にしたミステリのアンソロジー。短・中篇の読みやすさ、懐かしさと新鮮さが共存した全七作。
207027-1